语文新课标丛书

✦≫成长文库≪✦
～ 世界少年文学精选 ～
青少版

小公子

[美]伯内特 原著　高洁 改写

北京出版集团公司
北京少年儿童出版社

图书在版编目(CIP)数据

小公子 /(美)伯内特原著;高洁改写. — 北京 :
北京少年儿童出版社,2018.5
(成长文库. 世界少年文学精选 :青少版)
ISBN 978 - 7 - 5301 - 5380 - 2

Ⅰ. ①小… Ⅱ. ①伯… ②高… Ⅲ. ①儿童小说—长
篇小说—美国—近代 Ⅳ. ①I712.84

中国版本图书馆 CIP 数据核字(2018)第 063423 号

成长文库　世界少年文学精选　青少版

小公子
XIAOGONGZI
〔美〕伯内特　原著
高　洁　改写

*

北 京 出 版 集 团 公 司
北 京 少 年 儿 童 出 版 社　出版
(北京北三环中路6号)
邮政编码:100120
网　　址:www.bph.com.cn
北 京 出 版 集 团 公 司 总 发 行
新 华 书 店 经 销
北 京 美 通 印 刷 有 限 公 司 印 刷

*

787 毫米×1092 毫米　16 开本　10.5 印张　120 千字
2018 年 5 月第 1 版　2018 年 5 月第 1 次印刷
ISBN 978 - 7 - 5301 - 5380 - 2
定价:25.00 元
如有印装质量问题,由本社负责调换
质量监督电话:010 - 58572393

一本好书，就是一轮太阳

曹文轩

　　世界上的经典作品，都是沉甸甸的，它们是经过岁月磨
砺而沉淀下来的作品，是经过时间检验而存留下来的作品。
大浪淘沙，江水滔滔，留下来的就是闪闪发光的金子。当我
们面对这个世界的书山书海，当我们走进眼花缭乱而又令人
喘不过气来的书店的时候，我们会有一点迷茫，会有一点忧
伤。我们也许会有一点点惊讶：这个世界的书真是太多太多
了。但当我们冷静下来的时候，另一个声音会告诉我们：这
个世界的好书的确是太少太少了。

　　任何一个没有阅读经验的人，都不会懂得多与少的辩证
关系。任何一个没有鉴赏能力的人，都不会懂得该如何去选
择最好的书。但一个基本的常识会帮助我们按图索骥，去寻
找到我们所需要的和最好的书籍，那就是去阅读经典。这是
最可靠的最实用的阅读经验。而经验，则是一代一代人智慧
和心血的结晶。这些质地高贵的经典，传承的就是我们人类
宝贵的经验。

序

　　一个良好的阅读习惯，会让人终身受益。但我们必须承认读书人与不读书人就是不一样，这从气质上便可看出。读书人的气质是读书人的气质，这气质是由连绵不断的阅读潜移默化成就的。有些人，就造物主创造了他们这些毛坯而言，是毫无魅力的，甚至是丑的，然而，读书生涯居然使他们获得了新生。依然还是从前的身材与面孔，却有了一种比身材、面孔贵重得多的叫"气质"的东西。读书不仅可以培养人良好的气质，而且也能让人长精神。一个人活在这个世界上，靠的就是精、气、神的支撑，而那些好书就是源源不断提供精、气、神营养的所在。

　　读书是我们生命中不可或缺的令人心旷神怡的部分。我们在书的世界中流连，在书的世界中陶醉，在书的世界中静听自己生长的拔节声。书还给了我们抚慰，给了我们安宁。我们在与书的对话中释放了学习压力、生活压力所带来的忧郁与苦闷。书成了我们的良师益友，成了可以与之窃窃私语的知音。在阅读中，我们获得了更多关于这个世界的精义、神髓与真谛。

　　一本好书，就是一轮太阳。一千本好书，就是一千轮太阳。灿烂千阳，会照亮我们前进的方向，也会让这个世界所有的秘密在我们面前一览无余地展开。

专家导读

《小公子》是美国作家伯内特夫人写的一本儿童小说，起初在杂志上连载，读者反响很好，后来出版单行本，引起巨大轰动。我努力探寻这本书之所以打动广大读者的原因，究其根本，大概是主人公薛德里的天真烂漫与心地善良。

在纽约贫民区长大的薛德里热情、善良、乐观，在这里结识了许多好朋友。但是忽然有一天，他要被接到英国继承爵位。这令人们惊讶而又羡慕。他和妈妈来到英国，可是蛮横、冷酷的老伯爵，也就是自己的祖父却把他们母子分开了。《小公子》主要讲述的就是薛德里来到英国后，用善良、热情和纯真感动蛮横的祖父及周围其他人的故事。

据说，伯内特在创作《小公子》这部小说的时候，就是以自己的孩子为模特儿。这个世界上；如果还有一块净土的话，那它就隐藏在孩子们的心里和眼里。

薛德里像一个天使，他乐于助人，热情大方，借钱给身患疾病的希金斯，给瘸腿的巴狄买拐杖……他热心地帮助那些需要帮助的人，他用自己小小的、暖暖的心去感染着周围人们大大的、冷冷的心。他的言行举止，和冷酷的祖父完全

1

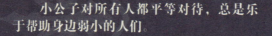

小公子对所有人都平等对待，总是乐于帮助身边弱小的人们。

相反。祖父有雄厚的财产，但是薛德里有最博大的爱。当人闭目的时候，财产带不走，但所传递出去的爱却可以永恒地留在人间，在人们的心里流淌。

在薛德里的善良和纯真的影响下，蛮横的祖父最后原谅了他的母亲，其冰冷灰暗的性格也变得温暖、明亮起来。这种变化也深深地打动了读者。

《小公子》这本书面世之后，人们都深深地喜欢上了这个天真、善良的孩子。有些家长甚至按照书里的描述，给自己的孩子打扮成薛德里的样子，即穿上"冯德罗式"的服装。渐渐地，《小公子》这本书竟然引领了一个潮流。这在文学史上，还是比较罕见的现象。

这个世界，并不是所有的人都像父母那样对我们关爱、友好，但是我们依然可以像薛德里一样，用自己的真诚与善良去感动他们，影响他们。每一个孩子都是天使，不要忘记张开自己的翅膀。

安武林

著名儿童文学作家、诗人、评论家

人物点击

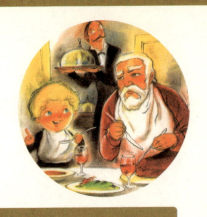

薛德里

生活在纽约贫民区的小男孩，他天真活泼，乐于助人，赢得了大家的喜爱。有一天，他突然成了老伯爵和巨大财富的唯一继承人。老伯爵是他的祖父，脾气暴躁、自私冷酷。薛德里凭着真挚纯洁的爱、淳朴善良的本性，一点点感化了伯爵冰冷的心。薛德里不但爱自己的家人，也爱身边的所有人。他尽自己最大的力量帮助穷人，让他们尽快摆脱困境。他就像一道温暖的阳光，照亮了整个城堡，让领地上的人们看到了幸福和希望。

托林柯特

傲慢富有的老伯爵，他刻薄固执、暴躁冷酷、很讨厌小孩子。但在薛德里的影响下，老伯爵冰冷多年的心温暖起来，他变得快乐友善，喜欢帮助别人，和家人一起过着其乐融融的生活。

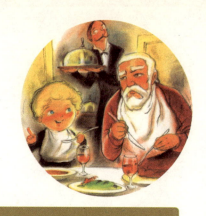

杰克

　　纽约贫民区的擦鞋匠，他是一个可怜的孤儿，出生不久父母就病死了，从小跟着哥哥四处流浪。他勤奋善良，努力工作，尽量找机会学习。在当擦鞋匠的时候，他得到了薛德里的物质帮助。后来在老伯爵的帮助下，杰克来到英国读书，开始了崭新的人生。

霍普森

　　薛德里最好的朋友，在纽约贫民区开杂货店。他严肃固执，对贵族非常反感，但在薛德里的影响下，他渐渐消除了对贵族的敌意。他舍不得离开薛德里，就在英国托林柯特城堡旁开了一家杂货店，和薛德里继续做好朋友。

XIAOGONGZI

小公子

目录

XIAOGONGZI
小公子

第一章　贫民区的小公子

　　19世纪80年代的美国纽约，到处都是一派繁华的景象。只有这样一个地方例外——那就是位于城市北郊的贫民区。从贫民区的入口放眼望去，就能看到狭窄的街道和斑驳的路面。路两边的房屋也是一样，破破烂烂、东倒西歪。道路两边的下水道口不时向外冒着热气，有时还散发着难闻的气味，这使得本来就又闷又热的空气显得更加混浊，让人觉得很不舒服。

　　沿着街道往里走不远，就能看到这条街上唯一的一家杂货店。店里卖着一些最简单的食品——品种不多的面包、饼干、玻璃瓶装的饮料和

1

糖果。

由于这让人难受的天气，小店没什么生意，只有一个胖老头儿懒洋洋地半躺在店里的一张靠椅上。这个老头儿就是这家杂货店的老板霍普森先生，他是这里有名的既固执又严肃的老头儿。现在，他手上拿了一份《伦敦画报》，两眼目不转睛地注视着报纸上面刊载的华丽宫廷仪式的图画。看来这份报纸里有内容使他十分不满，他边看嘴里边咒骂着："看看这些可恶的家伙！我倒要看看他们还能得意多久！等着瞧吧！那些被他们瞧不起的、踏在脚底下的人们，总有一天会站起来的。然后把这些什么侯爵啦、伯爵啦，打个落花流水！等着看他们到时候皱起眉头痛哭好啦！"

正在这位霍普森老头儿十分不满的时候，有个孩子从外面跑了进来，刚一进门，他就用清脆的声音问道："霍普森伯伯！什么事情把你气成这样啊？"这个孩子大概七八岁年纪，有一头卷曲的金发，衬托着清秀的面容，非常逗人喜爱。

"噢！原来是薛德里啊！"霍普森老头儿听到少年的声音，一扫刚刚不满的情绪，笑容满面地抬起头来看着他，"今天怎么来得这么迟呢？你在忙些什么事情呢？"霍普森边问边摸摸少年的头。

"刚刚和小朋友做行军游戏。他们让我当指挥官呢，所以一直脱不了身。"少年开心地答道，然后自己跳上旁边的高脚椅坐了下来。

这位可爱的少年名叫薛德里，他和他唯一的家人——他的妈妈一起住在路对面的小巷子里。他从小就和妈妈相依为命，他们的日子虽然过得很清贫，但也十分幸福。薛德里天真活泼、聪明伶俐，喜欢和人交朋友，所以这里的人们都很喜欢他。

薛德里有许多不同的朋友，有大人、有小孩、有女佣，当然还有这位霍普森老头儿。薛德里认识那个在马路边擦皮鞋的青年；和卖牛奶的小姑娘非常要好；还有那个老在公园门口卖苹果的老太婆，也跟薛德里很谈得来。不过这其中跟他最要好的，还是这家杂货店的老板霍普森老头儿。

薛德里还很懂事，虽然年纪很小，却总是能自己分析思考复杂的事情。

说起来，这些可都是霍普森老头儿的功劳呢。

例如，就在前不久美国总统换届选举的时候，他们俩谈得慷慨激昂，就好像没有了他们，美国政府就得垮台了似的。所以当竞选活动最高潮终于到来的那天晚上，两人更不会错过了。那天，在挤满了兴奋人群的街道上，大家能看到十分有趣的景象：一个十分可爱的小孩骑坐在一个胖老头儿的肩膀上，手里还挥舞着帽子高呼："万岁！万岁！"那两个奇怪的家伙就是薛德里和霍普森。

他们俩虽然年龄上差了很多岁，性格也完全不同，但不知道为什么，就是非常合得来。薛德里只要一天不到霍普森老头儿的杂货店，天南地北地和霍普森老头儿谈上几句，就会觉得缺了点什么似的。霍普森老头儿呢，虽然一天到晚都板着面孔，但只要一见到薛德里，就会立即高兴起来，开始喋喋不休地讲个不停。特别是当霍普森老头儿谈起他当年参加美国独立战争时候的事，更是滔滔不绝，不管说过多少次都说不腻。

照例，霍普森老头儿会先把狡猾的英国军队大骂一顿，然后就会开始称赞美国军队的勇士们。他激动地讲述他们为了争取祖国的独立，争取自己的自由而拼搏的英勇事迹。薛德里每次都会被迷住，从来没有怀疑过里面的情节。每次他听霍普森老头儿说故事的时候都非常认真，就会完完全全沉醉在故事里，根本不会注意到其他的事情。每次在霍普森老头儿那儿听完了故事，回到自己家里，薛德里都会兴奋地向他的妈妈讲述当天听到的故事，讲得可一点都不比霍普森老头儿差。每当这个时候，他们家的女佣玛丽都得把桌上的饭菜来回热好几次。

不过现在薛德里没有骑在霍普森老头儿的脖子上，而是坐在他每次都坐的那张高脚椅上，用一双明亮的眼睛盯着霍普森老头儿，还用很认真的口气问道："霍普森伯伯，您刚刚在生什么气呀？是新选举出来的总统又做出什么让人不愉快的事了吗？"

"不，不是的。让我生气的是这个！"霍普森老头儿一边生气地说着，一边用手"啪啪"地拍着报纸，然后把报纸推到了薛德里的面前。薛德里接过来一看，只见报纸上画着一大群英国贵族，每个人都穿着华贵的

服饰，聚集在一间十分豪华的礼堂里举行着某种仪式。

"看看这些侯爵、伯爵，瞧他们那副嘴脸。多么的傲慢不逊，简直就是目中无人！他们总是用这副令人生厌的嘴脸对别人，特别是那些穷苦的人。他们认为别人都是他们的仆人，是他们的牛马，应该要供他们使役，只有他们自己才是人类。看他们穿的都是什么？全都是闪闪发亮的丝绒，多么的华贵！这群人做尽了奢侈的事情，可是这世上竟没有人敢过问，难道这世上还有比这更混账、更荒唐的事情吗？"霍普森老头儿的老毛病又犯了，他对贵族的厌恶可是大家公认的。

薛德里边听边认真地点着头，说道："不过那应该是发生在大西洋那边英国的事情吧？"

"那当然啦！我们美国可没有这些让人厌恶的东西，所以我们的生活可是要舒服多了。"霍普森老头儿一边说着，一边长长地舒了一口气，好像是在为他生在自由的美国而感到庆幸。

"霍普森伯伯，您难道不认识一些侯爵和伯爵吗？"薛德里好奇地问。

"怎么可能！谁会认识他们那种人啊？假如他们敢来我店里的话，我绝对会把他们赶出去！"霍普森老头儿怒气冲冲地说，不知不觉中还握紧了拳头，好像那些令他厌恶不已的贵族们就站在他面前似的。

薛德里以前从来没有听说过有关贵族的事情，也不知道贵族到底是什么，但现在他看到霍普森老头儿的样子，觉得他们被骂得很可怜。"也许那些贵族并不知道当贵族是件坏事，所以才会去做伯爵或是侯爵吧？"薛德里小心翼翼地对霍普森老头儿说。

"怎么可能！看他们那骄傲的样子，明明就是以此为荣！真是岂有此理！"霍普森老头儿更生气地说，他用手指使劲戳着报纸上的图片，做出一副根本瞧不起那些贵族的样子。

这时，杂货店门外传来了女人焦急的声音："宝宝！你妈妈在叫你呢！你在哪儿呢？赶快回去吧！"

"是玛丽阿姨来叫我了！"薛德里马上就听出了那个女人正是他们家的女佣玛丽，"我得走了，霍普森伯伯。我明天再来找你，你要给我讲上次没讲完的那个故事哦！"薛德里说着跳下了高脚椅。

"那你明天要早点过来，那个故事挺长的，不然又讲不完了。"霍普森老头儿宠爱地拍着薛德里的头。

"那说好了，明天见啦，霍普森伯伯！"薛德里边说边向外面跑去，还向霍普森老头儿挥挥手。而霍普森则是一副依依不舍的表情，他真是希望明天赶紧到来，好让他能继续和这个可爱的孩子聊天。

薛德里跑出去一看，看到他们家的保姆玛丽面色惨白，好像是受到了不小的惊吓，正在外面焦急地向杂货店里张望。

"玛丽阿姨，你怎么了？你看起来脸色很不好。"薛德里看出了玛丽的反常，用小手揪着玛丽的围裙，十分担心地问。

玛丽非常喜欢薛德里，也总是以他为骄傲，她喜欢在外人面前说："我们家少爷是全世界最高贵、最神气的孩子！全世界都找不出第二个那么可爱的孩子呢！"虽然薛德里身上并没有穿着名贵的衣服——他身上的衣服是用他妈妈的旧衣服改成的，但却毫不影响玛丽对薛德里的喜爱。"瞧他那可爱的模样！看他那闪亮的金发，还有他那双漂亮的眼睛，这不就是童话故事里描写的贵族公子吗？"所以玛丽总是对薛德里特别的温柔、殷勤。可是今天，她却一脸担心的表情，她满怀心事地盯着薛德里，还不断地摇头叹气。看到玛丽那么奇怪的行为，薛德里更加担心了："到底发生什么事情了？玛丽阿姨，是天气太热，所以你觉得不舒服了吗？"

"不是的，薛德里少爷。是家里，家里发生大事了！"玛丽答道。

"是不是妈妈生病了？因为天气太热了，所以妈妈热得头疼了，是吗？"一想到也许是妈妈生病了，薛德里更加担心了。但是玛丽仍然不说话，还是不停地摇头叹息。

看玛丽不说话，薛德里更加担心是妈妈生病了，于是拉着玛丽赶紧往家跑。不一会儿他们就来到了家门口，薛德里惊异地发现，他们家的门口竟然停了一辆十分漂亮的马车。

他们刚进门，就听到房间里传来了谈话的声音，有人正在和薛德里的母亲谈话。可是那个人的口音听起来不像本地人，倒是比较像大西洋那边英国人的口音。

薛德里感到更加奇怪了，他拉着玛丽的围裙问道："玛丽，是不是有客人来了？"

"是的，来了一位你想象不到的客人。"玛丽心事重重地答道，然后她催促薛德里赶紧到楼上他自己的房间去。一进门，薛德里就看见床上摆了一件浆洗干净的红领白色夏装。"快把衣服换上吧，薛德里少爷。"玛丽边说边替薛德里梳了梳头发，又催促道，"赶紧去客厅吧！你的妈妈和那位客人正等着你呢！"玛丽拍着薛德里的背，让他赶紧过去。看着薛德里走出了房间，玛丽自言自语道："哼！什么嘛！什么贵族，还伯爵继承人呢！那又怎么样？真是可笑！"

薛德里虽然已经走出了房间，但还是听到了玛丽的话，这些话让他觉得很莫名其妙，不过他想，等见到母亲他就可以明白一切了，所以他一口气跑下了楼，来到客厅门口才停下来喘了口气。他抬起手来"咚！咚！咚"敲了敲门，然后才把门打开，走了进去。

一走进门，薛德里就看见房门对面的沙发上坐着一位老先生。这位先生个子瘦高，服装整齐，剪裁也非常好，一看就知道这衣服一定是专门为他量身定做的，从这些可以看出，他是一位有身份的人。可是坐在旁边沙发上的薛德里的母亲却是脸色惨白，她看见薛德里来了，表情变得更加忧郁，她喊了一声："噢，我的薛德里，你来了。"说着急忙朝薛德里走了过去，两只手紧紧地抱住他，还不断地亲吻着他的脸，就好像这是她最后一次和她的儿子在一起了似的，她温柔的眼睛里面满是泪水，随时会顺着脸颊淌下来。

看见薛德里走了进来，那位老绅士也站起了身，不停地用锐利的眼光上下打量着薛德里，还不时用手摸着下巴，一副若有所思的样子。最后他很满意地笑了，点头微笑道："这位就是冯德罗小伯爵吧！"说完了又满脸笑意地往前走近了两三步，来到薛德里的面前，很恭敬地握着薛德里的手，自我介绍道："我是郝维斯律师，你祖父的法律顾问。我是受他老人家的委托，从遥远的英国来的。"

"什么？请问您在说什么？郝维斯先生，我怎么一点都听不懂呢？"薛德里被弄糊涂了，一脸不解地看着自己的母亲和面前这位陌生的老绅士，"我怎么会是冯德罗小伯爵呢？"

薛德里的母亲用含满泪水的眼睛看了看薛德里，又看了看那位郝维斯律师，然后说道："我亲爱的薛德里，你长大了，我想有些事现在也是该让你知道的时候了。"她一边说，一边抱紧了薛德里。"来，我的宝贝儿，到这边坐下，这个故事可一点都不短呢。"说着，她把薛德里拉到一边的沙发上坐下，将他抱在怀里，然后讲起了有关薛德里的身世。

薛德里的父亲在他很小的时候就去世了，他一直以为他的妈妈就是他在这个世界上唯一的亲人，更没有听妈妈提起过自己还有别的什么亲戚。可是现在，妈妈却告诉他，他其实还有一个祖父，他的祖父远在英国，而且还是一位非常有名气的伯爵。他拥有一座历史十分悠久而且庞大宏伟的城堡，同时还管辖着一大片的土地，在全英国没有几个人不知道他的名字。

这位老伯爵，也就是薛德里的祖父，有三个儿子。薛德里的父亲是他最小的儿子。薛德里的大伯父——本来应该由他来继承老伯爵的爵位，可是有一次他出去打猎，却不小心从马上掉下来摔死了。老伯爵为此伤心了很久，然后便把希望放在了他的二儿子身上，哪知道他的二儿子去罗马旅行，却正赶上那里流行热病。他的二儿子也被传染上，后来不治身亡了。于是轮到了薛德里的父亲来继承老伯爵的爵位，不幸的是他也去世了。所以现在只剩下了年仅七岁的薛德里，他是他老祖父的唯一直系亲属，也是唯一合法的爵位继承人。

现在薛德里的老祖父年事已高，需要他唯一的孙子回到英国去继承他的爵位，这才特别委托他的法律顾问郝维斯律师到纽约来，把薛德里接到英国去。

对于薛德里来说，这件事简直就像是做梦一样，他从来没有如此惊讶过，这点从他现在的表情就可以看出来。薛德里听完他妈妈讲的故事后，脸上出现了一种又惊又疑的表情。这也难怪，他的母亲从未向他提及过这件事情。所以他听了两三遍后，才好不容易明白过来。他立刻从妈妈的怀中跳了出来，拉着他妈妈的手说道："妈妈，我不想到英国去，我也不想做什么伯爵。"薛德里的话带着哭腔，他用可怜的眼神看着他的母亲，"而且，我的朋友里也没有一个是贵族啊！妈妈，我能不去吗？"薛德里用小手紧紧地抓着母亲的衣袖，一副很担心的样子等待着母亲的答案。

他最大的担心是，当他最好的朋友，杂货店的霍普森伯伯要是知道了这件事，他会怎么想呢？伯伯还会把他当成好朋友吗？

薛德里紧张地看着自己的母亲，只见他的母亲脸色苍白，忍着眼睛里的泪水，勉强地朝薛德里微笑着说道："如果你的爸爸还在的话，你认为他会希望你怎么做呢？我想他一定很希望你能代替他回到他父亲身边去的。"薛德里的母亲一边说，一边温柔地抚摸着薛德里的脸。

薛德里心情复杂极了，只能低着头沉默着，不知道该怎么办。

见薛德里不说话，他的母亲继续说道："而且你的祖父年事已高，他一个老人家孤孤单单地在那座大古堡里，过着寂寞的生活。现在，他需要别人的陪伴，需要亲人的陪伴，而那个人就是你——他唯一的孙子！薛德里，你不认为这是你应尽的义务吗？"

薛德里还是不说话，他那双本来可爱的眼睛里现在溢满了委屈的泪水，看起来十分可怜。不论是谁看到了都会忍不住安慰他，想把他留在身边。

但他的妈妈继续用温柔的声音说道："薛德里，妈妈明白你的心情。

妈妈也不愿意让你离开我的身边。但你要知道，你现在年纪还小，有许多事情你还不了解。如果我现在不让你跟着郝维斯先生回到英国去的话，将来大家都会骂我，骂你的妈妈太自私了，只想着把你留在身边，而不顾你那年迈的祖父。"

"妈妈，这么说我是非到英国去当伯爵不可了？"薛德里难过地说。

"是的，我最最可爱的薛德里！你得去！一直以来你都是个孝顺听话的好孩子，这次你也要听妈妈的话，好吗？"他的妈妈一边说着，一边把薛德里抱进怀里。但她再也忍不住眼里的泪水，那些眼泪流下来，浸湿了她的脸颊。

第二章　高贵的夫人

　　郝维斯老先生离开薛德里家的时候已经很晚了。其实在这整件事情当中，郝维斯先生的惊讶程度绝不亚于薛德里母子。这位郝维斯先生做托林柯特伯爵的法律顾问已经有四十年了，对于伯爵那广大的领土和数不尽的财产，他要比伯爵本人还清楚。众所周知，托林柯特伯爵在英国拥有非常崇高的社会地位，他的家族更是拥有几百年的传统名誉，可伯爵本人其实是个非常任性和顽固的家伙。他对人的态度总是非常冷酷和傲慢，对于弱者和那些贫苦的人更是没有丝毫的爱心，更别说想过要去帮助他们。无论是什么事情，只要有人没有完全按照他的意思去办，他就会大发雷霆。

　　正因为如此，老伯爵的地位，加上他让人难以接近的性格，使他很少有真正的朋友。所以虽然他拥有难以计数的财产、崇高的地位，但他的内心却是无比的孤独、可怜。

　　在他的三个儿子中，老大和老二都长相平平，也没有什么突出的特长，所以他们并不是很得老伯爵的欢心。老伯爵最看重的是他的第三个儿子——薛德里·艾尔罗特，也就是薛德里的父亲。老伯爵一直对他寄予重望，希望他能够有所成就。可是，年轻的薛德里上尉到美国旅行的时候，偶然结识了一位出身低微的美国少女，他们很快便坠入爱河，不久后还结了婚。

　　老伯爵本来就非常讨厌美国和美国人，认为他们都粗俗而缺乏教养，所以当他得知这个消息时，他觉得自己所有的希望都破灭了。他大发雷霆，

马上宣布与薛德里上尉脱离父子关系，并且警告薛德里上尉，让他再也不许踏进托林柯特的家门一步。就这样，薛德里上尉失去了父亲，却也得到了他一生中另一个重要的人——那个少女，也就是薛德里的母亲。从那之后，老伯爵更加憎恨美国，他认为是美国毁了他可爱的儿子。当然，他更是恨透了艾尔罗特夫人，所以只要有人提起她的时候，老伯爵就会厉声呵斥道："不要在我面前提那个下贱的美国女人！她一定是为了金钱和地位才勾引了我的儿子！"

郝维斯律师服侍了老伯爵几十年，对他的个性了如指掌，所以并不完全相信老伯爵的话，但他对艾尔罗特夫人也没有抱什么希望。因为他见过的美国女人基本都没有受过什么良好的教育，所以，他觉得艾尔罗特夫人应该也和那些女人差不多，不过他还是抱着一点点期望，期望那位将要继承爵位的孩子，会是个不辱托林柯特家门的少年。

他漂洋过海来到了美国，到达纽约后不顾旅途劳累，马上就雇了一辆马车，让车夫按照老伯爵给他的地址，载他到薛德里的家。

"先生，到了。就是这儿。"马车夫停下了马车。郝维斯先生自信已经做好了充足的心理准备，但当他走出马车的时候，他还是几乎不敢相信自己看到的一切——马车停在一条偏僻肮脏的小巷子里，而薛德里的家居然是如此简陋破烂的一幢房子。郝维斯先生心头一惊，不禁想：哎，果然不出所料。不，简直比我想的还要糟糕！在这种贫民区住的人，气质能好到哪儿去？郝维斯先生想着几分钟后就要和一个没有受过什么教育的女人接洽，觉得十分泄气。可是更让他没想到的事情还在后面，就在几分钟后，他原先的想法就被完全推翻了。

郝维斯先生很不情愿地按响了门铃，马上就有一个女佣为他打开了门，问清来意后，便把他请到了客厅里面。他边走向客厅边四下打量着这幢房子，屋子里面的情形完全出乎他的意料。虽然这间屋子的陈设非常简陋，但房间打扫得非常干净，让人感觉很舒适。墙上挂着的镜框里的图画，也全都是些不错的艺术品，让人觉得这间房屋的主人一定是一个品位高雅、品德高尚的人。感到意外的郝维斯先生一边看着，一边不禁自言自语起来："这么看来，也许不像我想象中的那么糟。"

　　然而让他更加惊讶的事还在后面，当艾尔罗特夫人打开门走进来的时候，老律师看到她的第一眼，就对她有了非常好的印象。也就是在他

看到艾尔罗特夫人的一刹那，他知道自己和老伯爵都错了。这绝不是一个会为了金钱和虚荣而结婚的人，而是一位品德高洁的夫人。这位夫人举手投足间都散发着美丽、沉静与高贵的气质，老律师脸上不由浮现出了既惊讶又严肃的表情。艾尔罗特夫人身穿一袭朴素的孝服，体态纤细匀称。在黑色的衬托下，她本来就白皙的肌肤显得愈发莹润似雪。她的脸色的确稍显苍白，但却像花瓣一样柔美，她的一双眼睛更是纯洁无邪，观之让人忘俗。但看起来，她似乎还不能从丈夫去世的悲痛中走出来，这使她看起来还带着一些忧郁的神情。

经过了一番交谈后，老律师更加肯定了自己的想法，他真切了解到这是一位多么高贵的妇人。艾尔罗特夫人经过与老律师的交谈，了解了他的来意，这也勾起了她对过世丈夫的想念。看着夫人难过的样子，老律师心中十分过意不去。当夫人得知现在她唯一的亲人——她的儿子也要离开自己的时候，她那张苍白的脸变得更加没有血色了。她的眼睛里瞬间充满了泪水，但是她却很坚强地忍着，不让眼泪流下来。

艾尔罗特夫人努力抑制着自己的情绪，说道："先夫在世的时候，经常因为自己的背井离乡而伤心，更是非常想念他的父亲。我看得出他十分想回到他的故乡，回到他的父亲身边。所以我愿意让薛德里回到他的祖父身边去。我相信亡夫要是知道我这么做了，他一定也会很高兴的。"她请郝维斯律师转告老伯爵，希望他老人家会喜欢薛德里，却对她自己的事只字不提。郝维斯律师看得出来她是用了多大的勇气才这么说的，他被她的真诚所感动，对眼前这位高贵的妇人充满了尊敬。他心想，这么一位高贵妇人的儿子，一定也会是一个可爱的好孩子，一定不会侮辱伯爵家的声誉。

他的想法不一会儿就得到了证实，过了不久，薛德里回来了。薛德里进了客厅，郝维斯先生只看了他一眼，就确定他是个优秀的少年。这整件事情真是给人以莫大的惊喜啊！郝维斯律师真是没有想到，在这样一个纽约的贫民区里，竟然能找到这么一对高贵的母子。

母亲是那么的高贵而有涵养，而那位少年呢，又是那么的可爱！老律师一生中见过许多的孩子，可他从来没见过像眼前的薛德里那么可爱的少年。

在他眼中，薛德里就像是一棵刚刚发了芽的小树，健康而又充满着朝气，他那张可爱的脸孔非常英俊。金黄色柔顺的头发继承于他的父亲，一双湛蓝的眼睛则来自他的母亲。郝维斯律师特意仔细观察了他的眼睛，发现他的眼睛就像万里无云的天空一样晴朗，没有一丝阴霾，这使他显得善良而又勇敢。"真不愧是个小公子！"郝维斯律师暗暗开心地想。

总之，这位郝维斯律师对薛德里和他的母亲是说不出的满意，他觉得，他们一定能给老伯爵带去惊喜和快乐。

第三章　当伯爵的好处

在郝维斯律师离去后，薛德里回到了自己的房间。这时候夜已经很深了，薛德里双手抱着膝盖，坐在他的小靠椅上，向窗外眺望着。可是他现在无心欣赏窗外的风景，他脸上是一副无神的表情。而母亲则是静静地陪坐在他的身后，用温柔而又不舍的眼光看着自己的儿子。想到即将到来的别离，她的脸色也更加苍白了。

突然，薛德里猛地回过了头，说道："妈妈！我决定了！我决定到祖父那儿去，然后，然后……我……我要当伯爵。"他是下了很大的决心才说出这段话的，小脸涨得通红。

"薛德里！我亲爱的薛德里，你说得没错。你得去！谢谢你，谢谢你！"母亲紧紧地把薛德里揽到怀里，不停地亲吻着他的脸。

薛德里呢，虽然已经做出了决定，但还是有一件事情让他不能放下心来，他很担心他最好的朋友霍普森先生会对这件事做出什么反应。

第二天一早，薛德里就悄悄地到霍普森老头儿的杂货店去了。霍普森像往常一样，坐在那里看着报纸。薛德里看着他，突然不知道该说什么好，只好默默地走了过去，坐在他的身边。

"早啊！薛德里。你终于来啦！"霍普森看到是薛德里来了，立刻露出了灿烂的笑容。

"早。"薛德里低着头回了一声。他今天没有坐在平时坐的那个高脚椅上，而是坐到了旁边的饼干桶上，垂头丧气的模样，也不说话。

霍普森老头儿马上看出薛德里神色有异，放下了手中的报纸，盯着他道："薛德里，你今天怎么了？不开心吗？"

17

薛德里深深地吸了一口气，然后说道："霍普森伯伯，还记得昨天早上您对我说过的话吗？"

　　"嗯……我说了什么？"霍普森老头儿一脸疑惑地说。

　　"您拍着报纸说的，说……"薛德里的头放得更加低了，他踌躇着，不知道该怎么说好。

　　"哦，对了！我们谈论英国贵族的事来着，是吧？"霍普森老头儿恍然大悟，说道，"对对对！我们昨天一直说那些讨厌的家伙呢。"霍普森老头儿一提起贵族的事马上又摆出一副不满的架势，"我还说过，要是他们敢坐在我的饼干桶上……"

　　"可是，您的饼干桶上现在就坐着一个贵族呢。"薛德里低声打断了霍普森老头儿的话。

　　"什么？"霍普森老头儿大叫一声。

　　薛德里被吓了一跳，把声音放得更低："这是真的，霍普森伯伯，我就是那个贵族，我快要当伯爵了，真的。"

　　霍普森老头儿真是被吓了一跳，他从椅子上跳了下来，跑到墙角那边去看温度计，然后一脸疑惑地看着薛德里问道："是天气太热，所以你中暑了吧？也难怪了。怎么样，有没有很不舒服啊？"说着，还把他那双满是汗水的大手放到了薛德里的额头上。

　　这让薛德里更加窘迫不安了："霍普森伯伯，谢谢您的关心。我没生病，您看我的额头，一点都不烫。这是真的，我要做伯爵了！其实我也很难过，我也不想的。昨天玛丽急着找我回家，就是为了这件事情。一位叫郝维斯的老先生从英国过来接我，说我是伯爵的继承人，他还是一位律师呢。"霍普森老头儿还是不敢相信，擦着额头上的汗。薛德里继续说道："那位郝维斯先生是我祖父派来的，我的祖父派他来接我去英国。"

　　霍普森老头儿好像完全糊涂了，他看着薛德里，疑惑地问道："可是我从来没有听说过你有一位祖父，他到底是谁啊？"

　　"连我自己也不知道呢，其实我也是昨天才知道的。"说着，薛德里从口袋里拿出一张纸条，那张纸上写着一些字，是他自己的字迹，"这个

名字很不好记，所以我把它写了下来。我把它念给您听听，他叫托林柯特伯爵……约翰·得亚……德理欧……艾尔罗特……"他停了停，又继续说道，"这就是我祖父的名字。这名字太长了，我老念不顺。我听妈妈说，他住在英国的一座大城堡里面，还拥有很多的土地。我死去的父亲就是他的第三个儿子。如果父亲，或是我的大伯父和二伯父还活着的话，我就不用去做伯爵了，可是他们都去世了。现在他的直系继承人只剩下我了，所以我的祖父才派人来接我回英国去。"薛德里一口气把所有的事情都说完了，却一直不敢看霍普森老头儿。

而霍普森老头儿呢，则是不停地擦着他额头上的汗水，连呼吸都变得急促起来。他现在似乎终于搞清楚整件事情了。"这简直就是奇迹，是奇迹！"他暗想，看看眼前这个可爱的孩子，他是那么诚恳而亲切，实在是很难和那些令人生厌的贵族联想在一起。

"那你现在叫什么名字呢？"这是霍普森现在唯一能想到的问题了。

"我叫薛德里……艾尔罗特……冯德罗。是郝维斯律师这么告诉我的。"

"嗯！那妙极啦！"霍普森答道。平时每当他高兴的时候，他就会脱口而出这句口头禅，可在这尴尬的时候，他想不出更合适的话了，竟然就这么喊了出来。

薛德里若有所思地看着霍普森老头儿，低下头想了想，又问道："霍普森伯伯，去英国的路远吗？"

"远啊，当然远啦。你得横渡大西洋才能到英国呢。"

"那么远吗？"薛德里露出很难过的表情，"那样也许以后再也不能和霍普森伯伯见面了。"

霍普森老头儿见薛德里那么难过，连忙安慰他道："没关系的，这世上再好的朋友也会有离别的那一天。"

"可是，霍普森伯伯，我们可是做了好多年的好朋友了呢！"薛德里一边说一边扑到了霍普森老头儿的怀里，看来他真是难过极了。

"是啊！我可是在你刚出生不久的时候就认识你了。"霍普森老头儿宠爱地拍着薛德里的背说，"那时你才刚刚出生四十天……"

因为知道就要分别了，那天他们两人聊了很久。薛德里本来很担心，他知道霍普森老头儿最讨厌贵族了，所以他担心当霍普森老头儿知道他要变成贵族以后会很不高兴，可是霍普森老头儿现在还是尽量装出一副很自然的模样在跟他聊天。

"你真的不能不去吗？"霍普森老头儿还是忍不住，不舍地问道。

"这恐怕不行呢，妈妈说，如果爸爸还在世的话，他也一定会让我去的。但是，您放心吧，霍普森伯伯，我绝对不会做一个伯伯说的那种欺压百姓的坏贵族，我要做一个善良的好伯爵。而且，如果有一天有人提出要和美国打仗的话，我说不定还能出力阻止呢！"

"对，我们的薛德里一定会是个好贵族、好伯爵的！"霍普森老头儿微笑着附和薛德里的话。

自从第一眼见到薛德里，郝维斯律师就喜欢上了这个可爱的孩子，经过之后的几次见面，他对薛德里更是有说不出的喜爱。这天早晨，郝

维斯律师又来到了薛德里家，正好艾尔罗特夫人有事出去了，于是郝维斯律师便有机会和薛德里单独相处，他们谈了很久。

一开始，郝维斯律师不知道该说些什么好，幸好薛德里不认生，自己打开了话匣子："郝维斯伯伯，我想知道伯爵到底是什么呢？我想您一定知道吧。"

"嗯！是啊。"老律师微笑着答道，"这要追溯到几百年前了，那时候每当有人对国家建立了很大的功勋，或者是做了很伟大的事，国王或是女王就会根据他们所建立的功绩，给他们授予侯爵、伯爵或是男爵等爵位，用来表彰他们对国家的贡献。"

"呀！那不是和当总统差不多吗？"薛德里恍然大悟地说。

"噢！这么说来，总统也是伟大的人才能当选吗？"

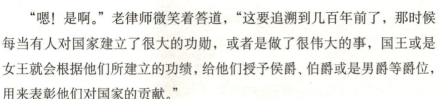

"那当然了！"谈到了关于总统的事，薛德里突然就兴奋了起来，"当总统的人必须要知道很多事情，他们还要具备非凡的才能和高尚的人格。我以前从没有想过自己会当伯爵，但是我一直都希望自己有一天能当总统呢。"薛德里手舞足蹈地说着，但他怕老律师听了他的话会不高兴，又赶快说，"但是以前不知道什么是伯爵，如果我知道伯爵到底是什么的话，也许我也会想做伯爵呢。"

该是让他正确认识伯爵意义的时候了，老律师暗自想着，继续向薛德里说道："可是当伯爵和当总统还有一些不同呢。"

薛德里一边认真地听着，一边点点头，好像在希望老律师能赶快说下去。

"伯爵是有传统的，而且门第很崇高，就任时还有很隆重的仪式。"老律师继续说道。

"可是当总统就任时也有很隆重的仪式。霍普森伯伯还带我去看过呢。"薛德里似乎又有点糊涂了。

老律师有点不知道该怎么解释，停了停答道："就是说，伯爵是很有地位的家庭……是拥有非常古老传统的家庭。"

"啊！我明白了，就像在公园门口卖苹果的老太太那样？"薛德里好像突然明白了似的叫了起来，"您见过那位老太太吗？我觉得她就有很古老的'门第'呢，她都快一百岁啦。可是不管是晴天还是雨天，她总是站在那里，要站很久呢。我觉得她'门第'很高，恐怕都深入骨髓了，所以每次下雨，她总是会觉得腿很疼。她很穷，没有钱买帐篷，如果我有钱的话，一定每天都去她那里买苹果。"

"不，不是这样的。"老律师听薛德里把门第和年龄弄混了，不得不打断他。他想，看来要让一个七岁的小孩子明白伯爵到底是怎么一回事，还真是不容易。于是他继续解释道："我所说的古老的门第，不是指一个人的年纪，而是指很长时间以来人们所用的姓氏，往往继承这样姓氏的人都是闻名全国的，像这样的家庭都会被记载在历史上。"

"哦，我知道了。就像乔治·华盛顿那样吧！"薛德里想到霍普森伯伯跟他说过这样的事，很高兴地说了起来，"霍普森伯伯跟我说过，华盛顿是领导美国独立战争取得胜利的伟大人物。再过一千年，人们也一定会记得他的名字。您一定知道他的名字吧？"

看薛德里还是不完全理解，老律师继续很庄重地说道："托林柯特伯爵家，可是在四百年以前就被授予了伯爵的爵位呀。"

"呀！四百年前吗？那么久远啊！"薛德里被四百年这个数字给惊住了，"等妈妈回来以后我一定要告诉她，她一定也会很惊讶的。那么，郝维斯伯伯，您能告诉我，当了伯爵以后都要做什么呢？"

"需要做很多事情。"老律师答道，"有的人要去协助国王打理政事，有的人则要去战场，和敌人英勇作战。"

"真的吗？那太棒了！我父亲也是个像华盛顿那样的军人，他可勇敢了。如果他还活着的话，他一定会是一个很勇敢的伯爵的。"薛德里兴奋地说道。

老律师看薛德里那么兴奋，突然想知道薛德里对于另一个问题的想法，于是他颇有深意地说道："其实，当伯爵还有其他的好处呢！"

"还有别的好处？"薛德里更加兴奋了，他马上问道，"还有什么好处，您能告诉我吗？"

老律师看着薛德里，很严肃地说道："等你当了伯爵以后，你会马上成为一个大富翁，会拥有你想象不到的财富……"

"那可真是太好了！我想成为一个富翁。"薛德里听到后差点没高兴地跳起来。

老律师不动声色，继续问道："为什么呢？"他很想知道一个在这种贫民区长大的孩子，对金钱到底是什么看法。他目不转睛地盯着薛德里，生怕错过了他的每一个表情。

而薛德里呢，他太开心了，并没有注意到老律师此刻的表情，继续开心地说着："假如我是一个富翁，有很多的钱，我就可以做很多事啦。我要给妈妈买最好、最漂亮的东西！"说起了妈妈，薛德里显得幸福极了，"我要给她买钱匣子、金戒指、百科全书，她还需要一把漂亮的扇子，最近的天气实在太热了。哦，对了！我还要送她一辆马车，这样她就不必在大热天里去等公共汽车了。"

"原来如此。"老律师听了薛德里的话，一颗悬着的心终于放了下来，他温柔地对薛德里说，"那么还有别的事吗？你还想做些别的什么事？"

"还有刚刚我跟您提起的那位卖苹果的老太太，那位老妇人心地很好。有一次我到公园去玩，不小心把膝盖摔破了。她看见了，立即跑过来把我扶起来，还送给我一个苹果。她是个多好的人啊！从那时候起我就没有忘记过她。没有人会忘记对人那么亲切的人，您说对吗？"薛德里笑着对老律师说道。

郝维斯律师听了非常感动。他想：这个心地善良的孩子，在他心里认为所有的人都会像他那样，不会忘记别人对自己的恩惠。他还不知道，这世界上有很多人是忘恩负义的。

薛德里太兴奋了，他继续说："等我有了钱，我就能买一个帐篷和一个小暖炉送她啦。那样她就不用在下雨天和寒冷的日子里受冻了。我还要每天都去她那里买苹果，这样她就不用继续受苦。对了，还有杰克。您知道杰克吗，郝维斯伯伯？"

老律师怎么会认识杰克呢？他摇摇头。

"他是一个擦鞋匠。"薛德里兴奋地说着他的计划，脸上露出红晕，好像他已经成为了一个小富翁似的，"您知道吗？杰克是这条街上的擦鞋匠。在我很小的时候，妈妈给我买过一个皮球，可是，有一天我回家的路上，不小心把球弄掉了，球滚到了马路中间，我当时就急得哭了起来。幸好当时杰克在，他正在路边给人擦鞋，看到后马上跑到马路中间帮我把球捡了回来，还用他的衣服帮我把球上的泥土都给擦干净了，还安慰我说：'看呀，宝宝，和原来的一样了。'所以后来，只要我到大街上去，就会去找他聊天，现在我们已经是很好的朋友啦。"

郝维斯先生听了薛德里的计划，心里非常的高兴。

"那么你想怎么帮他呢？"他问道。

"嗯，郝维斯伯伯，我得先替他解决他和麦克之间的问题。"

"等等，麦克又是谁？"薛德里一下子说了那么多人，把老律师都给说糊涂了。

薛德里赶紧解释说："麦克是杰克的合伙人，可是他为人一点都不好，常常欺骗别人，做事老是不遵守规矩。客人们都很讨厌他，都喜欢杰克，所以他经常找杰克的麻烦。就因为这样，虽然杰克总是很努力地工作，生意还不是很好。等我有钱以后，我要给麦克一笔钱，让他退股，这样杰克的生意一定能好起来的。"看老律师似乎对事情已经基本了解了，薛德里继续说道，"到时候我还要给杰克做一块漂亮的大招牌，有了这块

大招牌，杰克的生意一定会好起来的，这是杰克自己对我说的。"薛德里越说越高兴，带着得意的表情，就好像那块大招牌已经放在他面前一样，"哦，对了！我还要送他新的衣服，还有擦鞋的刷子，他一定会成为全美国第一的擦鞋匠的！"

老律师真是越来越喜欢薛德里了，他在想，一个这么小的孩子居然这么懂事，这么高尚，他甚至都没有想过他自己呢。"你的计划真是不错！但是你自己呢？你要为自己做些什么事情呢？"

薛德里马上开心地答道："我也有我自己的事情要做啊！但我得先帮那些有困难的人解决完问题。"突然，薛德里好像想到了什么，表情严肃地对郝维斯律师说，"郝维斯伯伯，您知道我们家的那个玛丽吧？她的妹妹生了十二个女儿，但她的丈夫现在却生了重病无法工作，这使得他们家生活非常困难。她总是哭哭啼啼地来找玛丽，每次她来，妈妈总会给她些东西或是钱。她总是哭着谢谢我们，我从来没见她笑过。哎，真想看看她笑起来是什么样子。如果我是富翁的话，就能给她很多钱，那样他们一家就不会生活得那么辛苦了，她一定会开心地笑起来的。"

薛德里说得正兴奋的时候，他的母亲回来了。她说："真是抱歉啊，郝维斯先生，让您久等了，刚刚有一位生活很困苦的妇人来找我帮忙。"

"怎么会呢。"老律师微笑着答道，"我和少爷谈得很开心，他给我讲了许多事情，他朋友的事情。他正在跟我讨论他的计划呢，计划等他有了钱以后要怎么去帮助那些弱小的人们。"

"是吗？"艾尔罗特夫人走到薛德里的身边，坐了下来。她继续对老律师说道，"我说的那位妇人，她叫艾莉，她也是薛德里的朋友。她家里很困难，丈夫又得了严重的风湿，现在都揭不开锅了。"

"原来是她来了啊，妈妈。她走了吗？"薛德里焦急地问。

"她还在厨房等着呢……"

还没等母亲说完，薛德里就马上从椅子上跳了下来，说道："我得去看看她。那个伯伯以前还给我做过一把木剑呢，他是个很好的人！"说罢，他便朝厨房的方向跑去了。

郝维斯律师安静地坐在那里，目送薛德里离开。沉默了一会儿，他对艾尔罗特夫人说："太太，在我将要离开英国的时候，托林柯特伯爵曾经向我指示，要我替少爷做些事情。他跟我说少爷可以随意使用金钱，无论他喜欢什么，都可以买给他。"老律师停了停，又继续说，"可是刚刚我和少爷谈了很久，我发现他自己没什么欲望，反而更加关心他身边的人，特别是那些有困难的人。我想，既然老伯爵希望少爷快乐，而少爷又是以帮助别人为乐趣的，那么，老爷让我带来的那些钱，我们不如依照少爷的意思，用来帮助他想帮助的人吧。"

　　艾尔罗特夫人听了老律师的一席话，心里非常高兴，她不禁赞美道："啊！伯爵是一个多么慈悲的人啊！薛德里知道了一定会很高兴的，他有一个如此善良的祖父。我这就去告诉他这个好消息，告诉他，他现在能

帮助那些可怜的人了。他一定会很高兴的！"艾尔罗特夫人说完立即向厨房走去了，郝维斯律师则是若有所思地坐在沙发上。

其实他刚刚对艾尔罗特夫人所转述的话，和伯爵本人当时所说的大不一样。伯爵本人根本就没有丝毫的慈悲心肠，事实上，老伯爵当时是这么说的："那个小孩，他想要什么就给他买什么！用钞票把他的口袋塞满！你只要让他知道，这些钱都是他的祖父给的，让他知道他的祖父是个最有权势的人就可以了。"老伯爵之所以会这么说，无非是想向他这未谋面的孙子夸耀他的权势而已，不过艾尔罗特夫人的内心纯洁无比，她从不怀疑别人。所以她听了老律师的话以后十分开心，高兴地向厨房走去，想要告诉薛德里这个好消息。

"是风湿，越来越严重了呀……他们现在连房租都付不起。这可怎么办才好？"不一会儿，薛德里他们就回来了，老律师听到了房门外传来的薛德里跟他母亲的谈话声。客厅门被推开了，进来的是愁容满面的薛德里，他径直走向郝维斯律师，说道："是您叫我吗？郝维斯伯伯。"

老律师很正式地整了整衣襟，却不知道该如何开口。他虽然有很好的口才，但在年仅七岁的薛德里面前，他却有一点缺乏自信，没有把握自己能够说服他。于是他回过头看了看薛德里的母亲，希望她来说明这件事。艾尔罗特夫人马上领悟了老律师的意思，她微笑着走到薛德里的面前，紧紧地把他搂进怀里，说道："薛德里，你知道吗？你那年老的祖父，他是多么爱你，希望你能快乐！他拥有许多的财产，他希望他能帮上你的忙，能实现你的愿望，所以他让郝维斯先生带了许多钱来，希望这些钱能帮助你。所以现在你可以自己支配这笔钱了。你不是想替艾莉阿姨付房租，想要买药给她的丈夫吗？现在你可以做到了。这一切你都得感谢你的祖父，他是一个多么高尚、仁慈的人啊！"说着她还俯下身去亲了亲薛德里的脸蛋。

薛德里一扫刚刚失落的表情，高兴得简直都要跳起来了，他快乐地向郝维斯律师确认："伯伯，妈妈说的都是真的吗？"老律师微笑着点了点头。得到了老律师的认可，薛德里更高兴了，他继续向郝维斯律师说道：

"那可以请您现在就给我一些钱吗？艾莉马上就得走了。"老律师听了他的话，马上从他的大皮包里抽出了几张钞票，把它们交给了薛德里。薛德里看着手里的钱开心极了，转身就往门外跑去了。

几秒钟后，厨房那边就传来了他清脆的叫声："艾莉！你先别走！我有钱要给你！"他气喘吁吁地跑到了艾莉面前，把钱塞到艾莉的手里，"艾莉，这些钱是给你的。够付你的房租了吗？"

因为是第一次看到那么多钱，艾莉被吓了一跳，她连忙把钱塞回薛德里手里，说道："天哪！少爷，这可是二十五元哪！你哪儿来的那么多钱？"她实在不敢相信一个七岁的孩子会有那么多钱，赶忙向房间里叫道，"太太，太太！您在里面吗？"

"这些钱都是我的祖父给我的，艾莉。你就放心地拿去吧。"薛德里连忙解释道。

可是艾莉还是不肯收那些钱。艾尔罗特夫人在客厅里听到了他们的谈话，她急忙走出客厅去向艾莉解释，不然艾莉无论如何都不会收下那

些钱。

不一会儿，薛德里就跟着夫人高兴地回到客厅来了，他当时的笑容简直灿烂到无法形容。他跑到郝维斯律师旁边的椅子上坐了下来，兴奋地说："艾莉竟然哭了！但是她说她是因为太开心了才哭的。我以前还没有见过有人因为太过高兴而哭的呢！"薛德里兴奋地说着，还手舞足蹈地比画着，"郝维斯伯伯，我的祖父真是一个大好人。他是多么的慈爱啊！我现在不觉得当伯爵很糟了，这比我想象中好多了。伯伯，我真的可以当伯爵吗？我真是太高兴了！"

"这是多么令人愉快的一天啊。"辞别了薛德里母子，郝维斯律师回到自己的房间里。他看着窗外，忽然想起了许多事情。他的眼前浮现出了富丽堂皇的托林柯特城堡，回想起城堡奢侈的生活，还有那位孤单寂寞的老伯爵。他是那么的任性、傲慢和冷酷。

虽然表面上老伯爵拥有崇高的地位和数不尽的财富，但他的精神上却空虚无比，加上长年以来疾病的困扰，使他显得更加的凄惨、可怜。而薛德里母子呢？他们虽然住在贫民区，他们的房子连城堡的储藏室都不如，他们吃穿的东西连城堡里看守庭院的工人都不如，可是他们却生活得无比幸福，每天都沐浴在春天般温暖的光明之中。

老律师想着想着，情不自禁地自言自语起来："这是多么强烈的对比呀！伯爵家会发生很重大的改变的，一定会的，这一天不远了。"他说着，嘴角浮现出了幸福的微笑。

第四章　即将离开的日子

日子一天天过去,薛德里离开纽约的日子慢慢近了。不过这段日子里,薛德里可是一点也不无聊,他整天都忙着和他的朋友们告别呢。

郝维斯先生陪着薛德里走了很多地方,一一去和他的好朋友们告别,这其中当然少不了薛德里最好的朋友霍普森老头儿了。霍普森老头儿自从得知薛德里要去英国以后,整天都闷闷不乐,精神颓丧地待在他的小杂货店里,闷声不说话,连他每天必看的报纸现在也懒得看了。这天,薛德里特地带着他要送给霍普森老头儿的金表,兴高采烈地跑到杂货店去。霍普森老头儿看到薛德里,真不知道是该高兴好,还是难过好。他把那个装着金表的漂亮匣子放在自己的膝盖上,好像不知道该说什么好了,只能一个劲儿地低着头,叹气不已。

薛德里看见霍普森老头儿那副没有精神的样子,赶紧摇晃着霍普森老头儿粗粗的手臂说:"霍普森伯伯,您快把匣子打开来看看吧。我还请表店的人帮我在匣子里写了很多字呢。里面写着'霍普森先生惠存,好友冯德罗敬赠'。希望您能永远记住我。"说完这番话,薛德里心里也很不是滋味。

霍普森老头儿长长地叹了一口气,说道:"我绝对不会忘记你的!你也一样,薛德里,等你当上英国的伯爵以后,也一定不能忘了我哦。"还没说完呢,霍普森老头儿就哭了起来。也许是觉得很不好意思,他马上转过头去,用手擦着眼泪。

"那当然了,霍普森伯伯,和您在一起的那些日子是我最开心的日子呀。所以以后不管到了哪儿我都会记得您的,也会经常地想念您。等我

到了英国以后，我会向我的祖父请求，希望他能允许我把您接到托林柯特城堡去做客。可是，我知道您不喜欢贵族。所以……到时候您会来吗？"

"当然会去，我一定会去看你的。"霍普森老头儿擦了把眼泪，慷慨地说。

薛德里还带郝维斯律师去见了杰克，那时，杰克正和麦克闹了场很不愉快的事，自己一个人垂头丧气地坐在摊子边。薛德里赶紧跑过去，把事情的始末向杰克说了，还说要帮助杰克解决他和麦克之间的矛盾，然后还兴奋地从口袋里掏出了好几张大钞票。杰克都惊呆了，他从来没有见过那么多的钱。他眼睛瞪得老大，还大张着嘴巴，连手里的帽子掉到地上了都没发觉。他根本不相信世界上会有这种好事，他用眼睛紧紧地盯着薛德里。突然，他大叫了起来："这不可能！我不会上当的。"

薛德里被杰克突然的一声给吓着了，往后缩了一下，可是他马上又鼓起勇气对杰克说道："杰克，你先冷静一点。我知道你很惊讶，不敢相信这是真的，不管是谁一开始听到这种话都不会相信的吧，霍普森伯伯刚开始听到时也是这表情，他还以为是我中暑了呢。不过这件事的确是真的，我有个祖父，他是一个伯爵，而且他还很慈悲，他说我可以任意使用他给我的钱，还让他的律师，也就是我旁边的这位郝维斯律师帮助我。"他停了下来，向杰克指了指一直站在他身后的老律师，老律师则回以一个和善的微笑。薛德里又回过头，继续向杰克说道，"他带了很多钱来，给你的这些钱只是其中的一小部分而已，所以你快点收下吧！"薛德里边说边把钱塞到杰克手里。

杰克虽然没有太反应过来，不过最终还是把钱收下了。薛德里看他收下了钱，心里十分高兴。"你要好好努力啊，杰克！希望不久以后，你能成为美国一流的擦鞋匠！我真的很不愿意离开你们，可是我的祖父正等着我呢！"

薛德里尽量做出镇定和愉快的样子，可是他的声音还是有点颤抖，海蓝色的大眼睛里还含着泪珠，但他还是说，"以后，也许我还能再回来看你们。我会给你们写信的，你们也要经常给我写信。虽然我们分开了，但我们仍然会是好朋友。对了，这是我在那边的地址。"薛德里一边说，一边从他的小口袋里拿出一小张纸，上面写了一行字：杰克，我已经不叫薛德里·艾尔罗特了，我现在改叫冯德罗了。那么……再见了，杰克。

杰克接过了纸片，他的眼圈也微微红了。他不知道该说什么好，只是默默地凝视着薛德里。最后，当薛德里快要离开的时候，他用只有他自己能听到的微弱声音说道："我真不希望你去……"说着，他又转过身，摘下帽子，向站在薛德里身后的郝维斯先生行了个礼，说道："先生，真的十分感谢您……感谢您带薛德里来跟我告别。他是那么聪明，讨人喜欢，他简直就是这世界上最可爱的孩子，我会永远记得他的。"

告别了薛德里以后，杰克马上用薛德里的钱买回了麦克的股份，然后做了一块漂亮的大招牌，还添置了许多刷子和其他擦鞋的工具。相信不久以后，他的生意就会好起来的。

薛德里当然不会忘记在公园门口卖苹果的老太太。他带着他事先买

好的帐篷、暖炉，还有一件崭新的棉外套去了公园门口，薛德里把它们送给了那位老妇人，然后拉着老太太的手说："老奶奶，我要到英国去了，跟我身后的这位先生一块儿去。以后我就不能经常来看您了，您要照顾好您自已啊。"他一边说着，一边从口袋里拿出了一笔钱送给了老妇人，"我知道每次下雨您的骨头都会又酸又痛，所以您用这笔钱去请一个好大夫为您治疗吧，希望您能早日康复。"

虽然薛德里已经说得很清楚了，但老太太还是惊得哑口无言，一方面是因为这突如其来的幸运，一方面可能也是因为她很不舍得薛德里离开吧。

第五章　起程

　　就要起程出发了，当天上午，大家准备好了行李，还换上了轻便的旅行装，一家人坐上了接他们去码头的马车。薛德里坐在马车里，看着那幢他们住了七年的小房子离他们越来越远，心里难过极了，他转过身靠在母亲的怀里，小声地对她说："妈妈！我们就要离开这里了，我是多么喜欢我们的家呀，我会永远都想念它的。"艾尔罗特夫人也和他一样怀着说不出的惆怅，她把薛德里轻轻搂进怀里说道："是啊，我的孩子。我们会永远怀念这里的。"

　　没过多久，马车就到了码头。薛德里母子跟郝维斯先生一块儿登上了轮船。薛德里站在甲板上伤感地往下望，看到下面是来来往往的马车和拥挤的人群，搬运工人们正快速地搬运着堆得像小山那么高的行李。船上也很喧闹，到处都是乘客和送行的人们。薛德里从来没有坐过轮船，更没有见过这些新奇的东西，所以他的情绪似乎比刚才好一些了。对新事物有着无穷好奇心的他，开始打算着找几个水手，听他们讲讲航海的故事，最好还有关于海盗的故事。薛德里正幻想着的时候，突然从下面传来了呼喊声，仔细听听，好像是在叫他的名字。

　　薛德里赶紧跑到甲板边往下看，只见有一个人边大叫着薛德里的名字，边奔跑过来，他的手上还拿着一件红色的东西。"啊，杰克！"薛德里马上认出了来的人是杰克，他马上兴奋地朝杰克呼喊，还兴奋地挥着手。

　　杰克也是一样的兴奋，他站在码头上向薛德里挥舞着他的帽子，高喊道："我特地来给你送行的，从街上一直跑到这儿来。"看来杰克跑得很急，他一边喘着粗气一边说，"谢谢你啊，薛德里！我用你给我的钱买了一块大招牌，从那以后我的生意就好得不得了，昨天我就赚了很多钱。你看这个！"杰克一边说，一边挥舞着手里的那件红色的东西，"我特意买了这个送给你。等你到了英国，和那些贵族、大人物来往的时候，你可以带着它！"

薛德里连忙跑下船，接过来一看，原来那是一条深红色的细绢手帕，上面还用紫线绣着马头和马蹄的花样，非常漂亮。

"谢谢你啊，杰克。我真是太喜欢它了，我一定会经常带着它的。可是我得走了，船要开了。再见了，杰克！"薛德里边说边往船上跑，还没忘了回过头来向杰克挥着手。

"薛德里！再见啊！"杰克站在码头上呼喊着。

薛德里则是一边用力摇晃着杰克送他的红手帕，一边紧靠着栏杆喊道："再见！杰克！你要记得给我写信啊！"

船离码头越来越远了，码头上送行的人们的身影也越来越小，最后连码头也看不到了。

薛德里和妈妈，还有跟随他们一起的玛丽，满眼泪水地呆站在甲板上，眼望着越来越小的陆地，他们的家乡，心里都在想着："再见了，美国！再见，最最亲爱的朋友们！"

离开了家乡，别过了自己的好朋友，薛德里终于离开了美国，起程去英国了。现在他在那艘大轮船上，满眼看到的只有海水，可是他却一点都不觉得无聊。对于他来说，这将是一次非常愉快的航海经历。谁让薛德里是那么的讨人喜爱呢！

没过很久，薛德里就和船上的乘客们相处得很熟了，他就像个童话里走出来的小公子一样，马上得到了大家的喜爱。每个人，不管是小孩子、妇人、绅士，甚至船上的水手们，只要看到他，就会立刻喜欢上他，每个人都想要和他做朋友。所以薛德里走到哪里都会受到很热情的招待。

不过薛德里更喜欢和水手们交往，因为他对水手们的航海故事实在是太感兴趣了。而水手们也非常喜欢他，每次都会给他讲不同的故事，薛德里因此听到了许多关于航海、船难以及孤岛生存的故事，当然他也

听到了他最感兴趣的关于海盗的故事。这其中还要数一位叫杰特的老水手讲的故事最多，也最精彩。

据这个老水手自己说，他已经有三千多次的航海经历了，几乎一生都是在船上度过的。所以他的航海经历可是非常精彩的。他曾多次遇到台风，被迫漂流到孤岛上。在很多这样的孤岛上都住着恐怖的食人族，而且这样的岛屿一般在海图上都是找不到的。所以薛德里总是喜欢黏着杰特，听他说的故事。

有一次杰特给薛德里讲了一个他到了恐怖孤岛上的故事。那个岛上住着吃人的生番，和他一起去的老水手有不少都被土著捉了去，他们身上的肉还被土著割下来烤了吃。而杰特自己，也被土著捉去了好几次，还被剥了头皮。

薛德里每次听完故事，都会回去说给他妈妈听。"难怪杰特叔叔没有头发呢……"薛德里一边说着，一边打了个寒战，好像被剥了头皮的是他自己似的，"我想再厉害的人，被割了那么多次头皮，应该也不会再长出头发来了吧。杰特还说，那个火烧岛的番王到现在还戴人头皮做的帽子，而那个帽子就是用杰特的头皮做的。真是恐怖啊！"薛德里向他的母亲绘声绘色地说着，而他的母亲则是和往常一样耐心地听着，"这些都是多么稀奇可怕而又刺激的经历啊！他可真是一个冒险家！哎，我真想把这些故事说给霍普森伯伯听，他一定会喜欢的。"说起了他最好的朋友，薛德里突然觉得有些伤感了。其实杰特的这些故事都是他自己编出来的，但是薛德里还是深信不疑，并且尽量记下每一个故事。这是因为，每当刮风下雨，大家都不能到甲板上的时候，乘客们就会聚在一起，然后把薛德里叫去，让他给他们讲杰特的故事。薛德里从小就喜欢讲故事，经过他讲的故事总是会变得更加精彩。所以那些乘客们每次都会听得津津有味，恨不得每天都刮风下雨才好。

因为这样，船上的时光过得很快，就在这次航行快要结束的时候，薛德里忽然听到了一个坏消息，使他非常忧郁。突然有一天，他的妈妈对他说，等他们到了英国以后，他们要分开来住，他得一个人去老伯

爵那里。他听到这个消息以后，难过极了，连呼吸都变得急促了。因为他知道，船上的这几天时间，是他和母亲一起相处的最后日子了。可是他还是很不明白，为什么他的母亲不能和他住在一起呢？薛德里难过地看着母亲，眼睛里满是泪水。

艾尔罗特夫人看他那么难过，连忙安慰他道："虽然我们不能住在一起，但是妈妈会住在离城堡很近的地方，当你想见妈妈的时候，你可以随时来见我。"

"可是，妈妈……"薛德里很难过，扑到了他母亲怀里。

"薛德里！你要记着，你每天都要去看我，然后把你在城堡里见到的事都告诉妈妈。还有关于你祖父的事情，关于你的新朋友的事情。要知道，妈妈非常喜欢听你讲故事呢！"

"可是为什么？为什么我们不能住在一起呢？"薛德里抬着头看着他的母亲，他现在已经满脸都是泪水了，"妈妈为什么不能到城堡去住呢？"

他现在太难过了，所以一定要母亲把真实原因告诉他。可是艾尔罗特夫人又怎么可能把原因告诉他？老伯爵那么憎恨她，她又怎么能把实话告诉薛德里呢？其实她现在和薛德里一样悲伤，只不过她在尽量地抑制自己的情绪罢了。

　　要他们母子分开来住的人其实是老伯爵，他只想要他的孙子，根本就不愿意见到那个讨厌的美国儿媳妇。就连让艾尔罗特夫人住在城堡附近这件事，也是郝维斯律师向老伯爵请求了多次才被允许的。对于老伯爵来说，这已经是他给艾尔罗特夫人最大的恩赐了。艾尔罗特夫人强忍着泪水，温柔地对薛德里说："你年纪还小，很多事情你还不能理解，所以等你长大后我再告诉你，到那个时候你一定能理解妈妈的。你说好吗？薛德里。"她温柔地抚摸着薛德里的头发，继续说道，"你绝对不能因为不能和妈妈住在一起，就不去你祖父那里呀，薛德里。要知道你祖父一个人孤零零地住在那个大城堡里，他是多么寂寞啊。等你到了城堡以后，你可要好好地陪伴他老人家。这样妈妈才会高兴，还有你那去世的父亲也会很欣慰的，你要连你父亲的责任也一起负担起来。你要记得啊，薛德里。"

　　薛德里擦了擦泪水，好像下定了决心，他坚定地对他母亲说："你放心吧，妈妈。我会到祖父那儿去的，我会很用心地照顾他、陪伴他。他是一个那么仁慈的人，他帮我实现了那么多的愿望，他对我是多么亲切啊，所以我也一

定要亲切地对待他老人家。"

　　听了薛德里的一番话，艾尔罗特夫人终于放下心来。接下来的几天，他们母子俩几乎每时每刻都待在一起，享受这最后几天的时光。

第六章　和母亲一起的最后一天

　　轮船花了近两个星期的时间，终于到达了大西洋彼岸的英国，停靠在繁华的利物浦港。

　　薛德里他们一行人下了船，雇了一辆马车，准备前往托林柯特。不过他们不会直接到老伯爵的城堡去，而是会先去艾尔罗特夫人在英国的住所。

　　趁工人们往马车上搬运行李的间隙，艾尔罗特夫人把郝维斯律师请到了一边。她向老律师说道："郝维斯先生，我知道我们待会儿会先到我的住所去。我能请您允许薛德里在那里留住一晚吗？"

　　郝维斯律师脸上略带难色地看着她，没有说话。

　　"这是最后的一个晚上了，请您让我们在一起吧。我保证明天就会把他送到城堡去的。"艾尔罗特夫人继续恳求道。

　　"好吧。他今天晚上不用过去，一会儿我到城堡里跟伯爵汇报一声就可以了。"老律师低声地说道。

　　艾尔罗特夫人似乎并没有因此而高兴，她继续说道："我想伯爵不会明白，要离开这个孩子，我是多么悲伤。所以当您见到伯爵的时候，请您帮我回绝那些钱吧。"她指的是老伯爵打算要按月给她的生活费，"我知道老伯爵他很憎恨我，如果我接受了这些钱，我会更加难过，我会觉得这是用我自己的孩子换来的钱。而且我现在的经济状况并不十分困难，所以请您帮我回绝吧！"

　　老律师听了觉得十分意外，他向艾尔罗特夫人说："您这么说我很意外，我理解您的想法，但是，如果我这样跟老伯爵说的话，他一定会发脾气的。"

艾尔罗特夫人并没有就此妥协，反而更加坚定地说："请您务必帮我回绝！如果他不能明白我的心意，我就更不能接受他的钱了。请问，我要怎么接受一个强迫我们母子分开的人所给的钱呢？"

老律师没有说话，他越发尊敬眼前这位夫人了，她的品格是多么高尚啊。"我了解了，那么等我见到伯爵后，我会按照您的话向他报告的。"老律师说道。

"那真是太感谢您了，郝维斯先生。"艾尔罗特夫人感激地说。

两个小时后，郝维斯律师就到达托林柯特城堡了，他立即去会见了老伯爵。

"辛苦你了！结果怎么样？"老伯爵坐在沙发上问道。

郝维斯向老伯爵鞠了个躬，答道："冯德罗阁下今天傍晚已经和他的母亲一起抵达了。他今天晚上会和他母亲一起住在卡特罗地，明天早晨我会把他带来见您。"

伯爵听完，高傲地说："我不管他的母亲怎么样，我只想知道那个小鬼如何？他是个呆子，还是一个没有教养的小流氓？不过，一个在美国长大的孩子，我们又能指望他怎么样呢？"

"我对孩子了解得并不多，但是我觉得他会是个不错的小公子。"老律师说道。

"哼，到底是真金的，还是镀金的，里面是铜是铅，只有经过时间考验才能知道。还有，他的身体如何？"老伯爵依然是一副很高傲的样子。

"我觉得他非常健康呢。"

"那仪表呢？难看吗？"伯爵很不屑地问道。

"在我看来，小公子相貌、人品都还不错，不过这得等伯爵您自己看了才有结论。"郝维斯律师嘴边挂着一丝微笑，他的脑海中浮现出薛德里那可爱的模样。他想，如果老伯爵看到了这个绝世无双的少年，也一定会很惊讶的。所以他故意没有回答得很清楚，他很想看看到时候老伯爵会惊讶到什么程度。他也没有忘记艾尔罗特夫人拜托他的事，他向老伯

爵说道："艾尔罗特夫人让我向您转达她对您的问候，另外，她还有话让我向您转达。"

老伯爵把脸拉下来："我不想听到那个美国女人的事！"

郝维斯没有理会老伯爵的傲慢，继续说："这是非常重要的事。夫人表示不愿意接受伯爵每月支付她的生活费。"

"什么？你刚才说什么？"老伯爵果然马上就被激怒了，简直要从沙发上跳起来。

"夫人说她现在的经济状况还不需要您的钱，而且她和您也没有什么往来。"老律师平静地说。

"那是当然！我怎么可能和那个贪婪无耻的女人有来往！"老伯爵十分生气，脸涨得通红。

老律师对伯爵的看法很不赞同，他辩解道："请您不要说得那么过分，伯爵大人。夫人并没有提出什么苛刻的要求，她只是不想接受您给她的生活费而已。"

"诡计！那一定是她的诡计！"老伯爵根本听不进去老律师的话，继续叫道，"她一定是想这样做来让我佩服她，然后再想办法来接近我！"郝维斯一时间说不出话来，伯爵继续叫道，"对了！她一定想故意装给那些穷鬼看吧，她想以此来破坏我的名誉。那个女人，她一定跟冯德罗说了我不少坏话！"老伯爵气得握紧了拳头。

"可是事实上，和您想得正好相反，伯爵。"老律师辩解道，他看老伯爵马上又要跳起来的样子，马上继续说道，"夫人知道小公子非常孝顺母亲，所以她不希望让孩子知道您有多么憎恨他的母亲。如果他知道您是那么讨厌他的母亲，你们祖孙之间的感情一定会有隔阂产生，夫人非常担心这一点。"

郝维斯律师的话稍微安抚了一下老伯爵，他渐渐平静下来问道："那么说，她没有把以前的事告诉冯德罗啦？"

"事实上，正是如此。冯德罗少爷一直坚信他的祖父人格高尚、非常慈祥，而且是非常让人景仰的人。这一切都要归功于艾尔罗特夫人，这都是她苦心教养的结果。"老律师非常骄傲地答道。

老伯爵听了，这才算是消了气，点头说道："嗯！原来如此。"

再说薛德里和他的母亲，当薛德里得知能和他的母亲再在一起待一天之后，他真是高兴极了。他们坐上了马车，一路上有说有笑，一边看着马车外不停变化的风景。沿路的建筑和植物，都和美国的大不相同，薛德里一边高兴地看着，一边不时地向母亲询问着不懂的事物。马车不停地行驶着，道路两边种植着巨大的树木，树枝在空中伸展开来，笼罩了整条道路，阳光透过树叶的间隙照射下来，非常漂亮。马车就从这些大树下穿过，没过多久就停在一幢古老的房屋面前。这个地方叫作卡特罗地，艾尔罗特夫人以后就要住在这里。马车刚刚抵达，房屋的大门就打开了，那里已经有四五个仆人在迎接他们了。这其中还有一个是他们

的旧相识——玛丽，她已经从利物浦先赶到这里了。

在这种陌生的环境里看到自己熟悉的人，薛德里非常高兴。"看啊，妈妈！是玛丽，玛丽已经到这儿了呢！"他一边高兴地叫着，一边跑过去抱住了他这位忠实的美国籍女佣。而旁边站着的其他几位用人呢，都用好奇的目光打量着这三个人。他们都深知老伯爵的脾气性格，也十分了解这对母子分居的原因，窃窃私语着。"哎，这孩子到了城堡一定不会好过的。""我看也是，最近老伯爵的脾气可是越来越暴躁了！"

薛德里没有过多理会别人对自己好奇的目光，和妈妈一起走进了大厅，他马上被里面的那些装饰品吸引了。墙上挂着巨大的油画，还有漂亮的鹿角，天花板上还有闪闪亮亮的吊灯，而这一切都是他以前从未见过的新奇东西。"妈妈，看哪！这房子多大多漂亮呀！"他不禁赞叹道。

和他在纽约贫民区的家相比，这里简直就像天堂一样，难怪他那么惊讶了。

"少爷，这边。我带你们到楼上看看吧！"玛丽比他们早来，于是连忙帮他们引路，把他们带到了楼上的房间里。一进门，映入他们眼帘的是一间已经整理得很干净的卧房，窗边挂着华丽的窗帘，壁炉里的火使整个房间都暖融融的。不过最显眼的还是地毯上睡着的一只全身雪白的波斯猫。玛丽指着那只漂亮的猫说道："太太，这只猫是城堡的总管家艾伦夫人派人送来的。她说她是从小看着艾尔罗特上校长大的，非常喜欢他，对他的过世非常惋惜。她说怕您一个人在这儿会寂寞，特地把这只猫送来给您做伴。"

看完了卧房，玛丽又继续领着薛德里母子参观别的房间。他们从楼梯上下来，走进一间很大的客厅，客厅的地板上铺了一张大老虎皮，黄色和黑色的条纹鲜明漂亮，看起来简直就像真有只老虎趴在那里一样。

薛德里看到那张大老虎皮，一开始被吓了一跳，他还以为那是只真的老虎呢。可是没过多久他就越看越喜欢了，最后他跑到那张大老虎皮上躺了下来，一边还邀请他的妈妈一起过来坐下。"妈妈，您快来摸摸，这张老虎皮摸起来很舒服呢！"他高兴极了。

艾尔罗特夫人看薛德里那么高兴，也被他感染了，暂时忘记了即将要分别的痛苦，坐在了薛德里的身边，温柔地将他揽进怀里。

这时候，薛德里感觉到有什么毛茸茸的东西在蹭他的手，他回头一看，原来是艾伦夫人送的小白猫，它正舔薛德里的手呢。"哈哈，妈妈，你看！它多可爱啊，它还舔我的手呢。"薛德里连忙把小白猫抱进怀里，抚摸它柔软的毛，小白猫也发出很舒服的"呼噜"声。就这样，薛德里开心地

47

和他母亲聊了一夜，最后在那张大老虎皮上睡着了。

可是欢乐的时光总是过得很快，天很快就亮了，郝维斯律师已经在门外等候了。薛德里抱着他的妈妈，不舍得离开。

"薛德里，还记得妈妈跟你说过的话吗？你要好好陪伴你的祖父，也要记得经常回来，给妈妈讲你在城堡里的事情啊。"艾尔罗特夫人强忍着内心的忧伤，微笑着对薛德里说。

"我记得，我会记得的，妈妈。我会很想念您的，也会经常来看望您，给您讲故事。您也要经常想念我啊！"薛德里难过地说道。

中午的时候，薛德里终于别过了自己的母亲，跟郝维斯律师一起，坐上了马车，驰往托林柯特城堡。

第七章　古老的托林柯特城堡和它的主人

　　前往托林柯特城堡的路上，他们一个人影都没有见到，只能听到马蹄声和车轮声，因为又看到很多新鲜的东西，所以薛德里的兴致很高。他坐在豪华的马车里，好奇地观察着身边的东西。那两匹拉车的马，都十分高大健壮，身上还配有亮晃晃的装饰品。马车也非常华丽，比起他们以前坐的马车来，这辆马车要宽大许多，乘坐起来十分舒适。马车夫是个大个子，穿着整齐的服装，熟练地驾驭着两匹高头大马。这些都是薛德里从来没有见过的，他用心地观察着，不时向身边的老律师询问，老律师则是慈祥地一一向他解答。

　　不一会儿，马车就到达了城堡的大门口。那扇大门十分厚重，打开它都需要一定的时间。就在等着开门的这段时间里，薛德里一直盯着门上面的狮子雕刻，那个雕刻十分精美，简直像真的狮子一样。就在薛德

里看得入神的时候，突然有个妇人从旁边的小屋子里跑了出来，身后还跟着两个小孩。原来那位妇人是看门人，现在是来给他们开门的，她一边很恭敬地微笑着向他们打着招呼，一边用力地开着门。跟在她后面的两个小孩也很开心地向薛德里打招呼。

薛德里马上把帽子摘下来，微笑着对他们说："午安，你们好。"

那位妇人脸上显出非常惊讶的表情，她友善地看着薛德里，说道："欢迎您驾临啊，小公子。希望您永远幸福快乐。"她心里赞美着：这是一位多么可爱的小公子呀！

薛德里又兴奋地朝他们挥了挥帽子，可是这时候马车又动了，驰过那位妇人的身旁，径直往城堡里跑去了。

"我很喜欢那位妇人，她一定是个很和善的人。"他一边说着，一边回头望，"我很想和她的孩子们做朋友，我们一定能成为好朋友的。"

郝维斯律师看薛德里那么高兴，没有说话。他知道薛德里作为伯爵的继承人，是绝对没有可能和看门人的小孩交往的，可他现在不想破坏薛德里的兴致。

越往前走，道路两边的树也越来越高大了。那些树枝在高空中伸展开来，相互交叠，形成了一个美丽的天然顶棚。托林柯特作为大英帝国最著名的城堡之一，到处都是这样的百年大树。事实上托林柯特城堡向来就是以它的林苑，还有它那优美的风景而美名远扬。这些路两边的大树，是在其他的古堡很难见到的。

薛德里兴奋地看着眼前的美景，觉得自己简直像是进入了童话世界一般。阳光透过树叶洒下来，把路映得像用金子铺成的一样。马车还不时驶过高低起伏的草丛，有时还穿过百花争艳的花园。偶尔还能看见小动物穿梭在这些花草中，树林里的小鸟"叽叽喳喳"地唱着歌，成群的梅花鹿在小溪边休息、喝水。薛德里高兴极了，一边拍手一边叫道："郝维斯伯伯，这里真是太棒了！简直比纽约的中央公园还要厉害呢！"

马车继续前行，从他们进门后，马车已经行驶了很久了，却还是见不到城堡，薛德里觉得很奇怪，他不禁问道："郝维斯伯伯，从大门到城

堡到底有多远呀？"

"有五六公里吧。"老律师答道。

薛德里被惊呆了："竟然有那么远？这样的话，住在里面的人要出门岂不是会很不方便？"

一路上，薛德里总是会有许多新发现。当他看见有一群野鸡拖着它们艳丽的尾巴向天空飞去时，他兴奋得都要跳到马车外面去了："我以前以为只有在马戏团才能看见这些动物呢！它们是一直都住在这里的吗？郝维斯伯伯，这些美丽的动物是谁的？"

郝维斯先生被薛德里的好心情感染了，他笑着回答道："这里的一切，所有的一切都属于你的祖父——托林柯特主人。"

薛德里越来越觉得他的祖父是个了不起的人。

马车又往前行驶了一段距离以后，薛德里的眼前渐渐浮现出城堡的轮廓。远远看去，这座城堡巍峨得就像一座山，气势宏伟得令人难以形容，还带着些古色古香的味道。

当他们到达城堡正门的时候，太阳都已经快要下山了。城堡的四周围着修剪整齐的草坪和花坛，城墙上爬满了各种美丽的藤蔓植物。因为已经是黄昏，城堡的几百扇窗子一起反射着夕阳的余晖，真是灿烂无比。仔细看，城堡上还有枪孔、炮塔，高高的地方则是瞭望塔。

比起刚才的森林和动物，这壮丽的城堡让薛德里更加激动。"我从来

没有见过这么美丽的地方。"他高兴地跳下马车，小脸涨得通红，"这简直就是国王的宫殿。这么漂亮的城堡我只在童话故事里看到过。"

这时，门口早已有几十个用人在恭候他们了。他们分成两排，穿着整齐地站在大门口。其中有一位看起来年纪比较大，穿着稍有不同的夫人站在队伍的最前面，她看见薛德里从马车上下来，马上迎了上去。

郝维斯先生跟在薛德里的后面，向他介绍道："这位是艾伦夫人，是城堡的总管家。"然后又对那位老妇人说道，"艾伦夫人，这位就是冯德罗小伯爵了。"

还没等老律师介绍完，薛德里就兴奋地跑过去，亲切地握着艾伦夫人的手说道："那只可爱的猫咪就是您送来的吧！真是太谢谢您了，我和妈妈都很喜欢它呢！"

艾伦夫人看上去非常激动，她看了看薛德里，又抬起头来对郝维斯律师说道："我就知道他一定就是冯德罗小伯爵。无论在哪儿见到他，我都一定能认出他来。看他的脸蛋、他的身材，简直都和去世的艾尔罗特上尉一模一样。"艾伦夫人说着，眼睛里充溢着亮晶晶的泪水。她又低下头看着薛德里，对他说道：“你很喜欢那只猫吗？这里还有两只小猫，等一会儿我把它们送到你的房间去好吗？”

“真的吗？那真是太感谢您了！”薛德里听说他能拥有自己的小猫，高兴极了。

艾伦夫人又转过头对郝维斯先生说道：“伯爵正在书房等着呢。他交代说，要公子一个人进去见他，这是他的指示。”说着，她又低下头看了看薛德里。薛德里对于要一个人去见伯爵这件事一点都不紧张，反而很兴奋。因为在他心里，他的祖父是一位和蔼、慈祥的老人家。

不一会儿，有一位穿着讲究的侍者来到了薛德里面前，他恭敬地向薛德里问好，然后把他领到一个房间门口。侍者先敲了敲门，然后把门轻轻打开一半。接着，他用很恭敬的语气向里面喊道：“冯德罗公子到了！”然后看了看薛德里，示意他自己走进去。

薛德里推开了半掩着的门，走进了房间。这是一间陈设考究又很宽敞的书房。薛德里刚一踏进去，觉得里面的光线很昏暗，让他看不清楚四周的环境。过了一会儿，他的眼睛逐渐适应了室内的光线，于是，他向四周张望，只见房间里排满了大大的书架，书架上则整齐地摆放着一本本厚厚的图书。书架和屋里其他的家具做工都十分精细，还雕刻着很漂亮的花纹。整个房间有一整面墙上都是菱形的玻璃窗，窗边悬挂的华丽窗帘上还绣着漂亮的图案，将整个房间衬托得十分富丽堂皇。当薛德里的眼睛完全适应了房间里的光线后，他发现在房间比较深处的地方有个壁炉，壁炉里还有一点小火苗。在壁炉的旁边有一张靠椅，椅子上坐着一个人，但他背对着薛德里，看不到他的长相。在那张靠椅旁边，还趴着一只狗，那只狗简直和狮子一样大，明亮的眼睛，蓬松的毛，非常神气。那只狗看见薛德里走进了房间，便站了起来，跑到了薛德里身边。

“德克儿，过来！”这时，坐在靠椅上的人唤了一声，那声音听起来是一位老人，声音低沉中还带着几分严厉。

薛德里听到这个严肃的声音却一点都不害怕，反而走到大狗的身边

蹲了下来，拍了拍它的头，就好像那是他养了多年的狗一样。接着，他走向那位坐在靠椅上的老人，那只大狗则很驯服地跟在他后面，似乎已经把他当作了自己的主人。

这时，坐在靠椅上的老人转过身来，用挑剔的眼光打量着薛德里。

薛德里见到的是一位须发皆白的老人家，他的眼睛虽然已经深深地凹到了眼窝里，可还是闪着锐利的光，老人脸上的表情十分严肃。这就是薛德里的祖父——托林柯特伯爵。

出现在老伯爵眼中的，是一位穿着带花边的天鹅绒礼服的英俊少年。少年将一只手放在那只狮子狗的头上，高高地昂着头，眉宇间还带着一股英气，颇有些中世纪骑士的风范。伯爵知道这就是自己的孙子，心里非常满意和欣喜，但他并没有把这些情绪表现在脸上，所以看上去他仍旧是一副十分严肃的样子。

薛德里并没有被老伯爵严肃的表情吓到。他轻快地走到老伯爵身边，用和往常一样亲切轻松的语气说道："您就是我亲爱的祖父托林柯特伯爵吧！我是您的孙子冯德罗，我昨天刚刚跟郝维斯伯伯抵达英国。"还没等伯爵回答，他又伸出他的小手，用"小大人"般可爱的语气说，"祖父好，能见到您我实在是太高兴了。"

伯爵一时间居然哑口无言，或者应该说，因为从来没有人敢靠他这么近，这么热情地跟他说话，一个初次见面的小家伙竟然伸出手来要跟他握手，让他一时间呆住了。过了半晌，伯爵才伸出他那巨大而又略显粗糙的手和薛德里握手，同时带着疑惑问道："你刚才说你很高兴见到我？"

"那当然啦！我是很想见您的。"薛德里愉快地说着，跳到老伯爵身边的椅子上坐了下来，一边还开心地看着他的祖父，"您知道吗，其实我一直在想，祖父到底长什么样子。我在船上的时候想，祖父一定和我过世的父亲很像。"一边说着，他脸上露出了可爱的笑。

伯爵问道："那怎么样，你觉得像吗？"

薛德里想了想答道："父亲在我很小的时候就去世了，我那时年纪太小了，所以对父亲的长相也记不太清楚了。不过我觉得并不是很像呢……"

"那你一定觉得失望了吧。"老伯爵说这话的时候语气里有一丝失落。

"不会！"薛德里用肯定的语气说。

老伯爵又问道："那你喜欢我吗？"

"当然！"薛德里开心地说，"像您这么慈祥又亲切的老人家，人人都会喜欢您的。"

听到薛德里用那么骄傲的语气说自己，老伯爵有点不太适应，脸上也泛起了红晕。他问道："我对你很亲切吗？"

"那当然！"薛德里回答得毫不犹豫，还很肯定地点着头，然后又接着说道，"卖苹果的老太太啦、艾莉啦、杰克啦，他们都得到了祖父您的恩惠，他们都很感激您呢！"

"老太太？艾莉？杰克？他们都是谁呀？"老伯爵被弄糊涂了。

"哦，对了，祖父您不认识他们，他们都是我的朋友。您让郝维斯伯伯去接我的时候，不是给了他很多钱吗？还说我可以任意使用那些钱，于是我就用您给我的那些钱为我的朋友做了一些事情，帮了他们很大的忙呢！"

伯爵听了点了点头，说道："噢，原来是这样。那你跟我详细地说一说，那些钱你都是怎么用掉的？"

"嗯，先说那个卖苹果的老太太吧。她心肠很好的，可她很穷，又没有亲人能照顾她，只好每天在公园门口卖苹果。因为她年纪大了，所以一遇到下雨天，她的腿就会酸痛。我用您给我的钱给她买了一个帐篷，还给她买了新的棉外套。还有艾莉，她家有十二个孩子要养，可她的丈夫却得了风湿病，连床都起不了，所以他们的生活非常辛苦。郝维斯伯伯来找我的那天，她刚好来找我们帮忙，因为她已经没有钱交房租了。于是我就把祖父给我的钱分给了她一部分。她当时高兴得都哭了。现在好了，她丈夫的病已经治好了，他们家又能过上快乐的生活了。而这一切，都是慈悲的祖父您的恩赐啊！"薛德里说着，因为想起了家乡和朋友，显得有点伤感。

"还有别的故事吗？"老伯爵看薛德里停了下来，便让他继续说下去。

薛德里又继续说道："还有杰克。如果祖父您见到杰克，也一定会喜欢上他的。他是一个鞋匠，为人十分忠厚、勤劳，还特别喜欢帮助别人。他每天都认真地工作，把每个客人的鞋子都擦得亮亮的。您知道吗？他的理想是要做全美国第一的擦鞋匠呢！"薛德里说起杰克的时候，情绪越发低落了。他低下头，摸了摸狮子狗的头。

老伯爵低头看了看蹲在薛德里脚边的德克儿。这是一条受过严格训练的狗，平时是绝对不会随便顺从他人的，老伯爵本来想看看它会怎样对待薛德里。现在德克儿不时抬头看看它的小主人，还把它巨大的脑袋放在薛德里的膝盖上，看来它真是很喜欢薛德里。

薛德里摸着它的头继续说着："杰克是我很好的朋友，我们认识很久了。我走的时候他还送了我这个东西呢。"薛德里一边说着，一边从口袋里掏出了一条红手帕，他得意地展开来给他的祖父看，"您看，很不错吧！我一直随身带着它，平时我就把它放在口袋里，它还可以围在脖子上。这是我替杰克解决了他和麦克的问题后，他用第一次赚到的钱买的，是非常珍贵的纪念品。每次我看到它就会想起杰克。"

在让薛德里回英国这件事情中，一开始，老伯爵只希望他从未谋面的孙子有个稍微像样的外表就满足了。不过，当老伯爵要见到薛德里的时候，他还是很怕万一薛德里是一个举止粗俗、外表丑陋的野孩子，让在场的人看到自己失望而又尴尬的表情，于是他下了命令，要薛德里那天一个人到书房去见他。

　　伯爵本来是最讨厌小孩子的，一直以来，他认为所有的小孩子都既任性又胡闹。也不能怪他有这种想法，因为他自己的孩子就是最好的例子。他的头两个孩子给他带来不少的麻烦，最小的一个孩子虽然不错，却扔下了他和一个美国女人结婚了，这使他极为愤怒，为此烦恼了很久。不过当他见到薛德里以后，他心里有了一种很奇妙的感觉。这个坐在他面前的孩子，是一个如此英俊、漂亮的孩子，而且性格还很随和。当老伯爵身边所有的人都疏远他、害怕他的时候，薛德里却和他如此亲近，虽然他们今天是第一次见面，薛德里却丝毫没有紧张和恐惧的样子。最让他感到高兴和意外的是，薛德里还认为他是一个亲切和蔼的祖父呢！他可是做梦都没想到过，他那个不肖的小儿子所生的孩子，竟然会如此可爱。

　　就在这个时候，传来了敲门声，接着有一个侍者进来报告说，晚餐的时间到了。

　　薛德里马上从椅子上跳了下来，他看着老伯爵皱着眉头的样子，看来他起身都很困难呢。他走到老伯爵身边，说道："祖父！您的脚很疼吗？我来扶您吧！"

　　老伯爵从来没有如此舒服的感觉，就好像沐浴在久违了的亲情中一样，所有的不愉快都消失了。老伯爵低头看看薛德里，说道："嗯！你能帮我吗？"

　　薛德里马上走到了老伯爵的椅子旁边，说道："当然没问题啦，祖父。以前霍普森伯伯把脚跌伤了的时候，也是我扶着他走路呀，他可比您胖多啦。"薛德里笑嘻嘻地说，"您别看我只有七岁，可是我的肌肉很结实。"说着还把衣服袖子拉了起来，把小臂使劲向上一抬，手臂上马上鼓起一个小包，还挺有模有样的。一旁站着的侍者看到了，差点没笑了出来，

他赶紧把头扭到一边看着墙，以免失态。

老伯爵也被薛德里的举动给逗乐了，但他还是没有太表现出来，只是微笑着说道："好吧，那你试试看吧。"

薛德里连忙把放在椅子旁边的手杖递给伯爵，说道："祖父，您一只手拿好拐杖，然后把另一只手搭在我的肩膀上。"说着把老伯爵的一只手搭到了自己肩膀上，抬头看了看老伯爵，说道，"没有关系的，祖父，您放心靠着我吧。我力气很大的。"

其实这都是侍者的工作，可是由于老伯爵的脾气很坏，每一次都没人能让他满意。侍者们总是会因此而挨骂，渐渐地，大家都不愿意去做这份工作了。老伯爵看着薛德里，心想要再试试薛德里，于是他站了起来，手扶着薛德里的肩膀，故意把全身的重量都压在薛德里的身上。薛德里只走了几步就很艰难了，小脸涨得通红，心脏"扑通！扑通"地跳。这可是很沉重的负担，他几乎都要坚持不住了。可是他深深吸了口气，稳住了自己的脚步，屏住了呼吸，一步一步艰难地往前走。

一路上，他怕他的祖父担心，一边还说道："没关系的，祖父。您紧紧靠着我吧，我能坚持得住。"

书房到餐厅的距离并不是很远，可是薛德里此时

此刻却感觉这是一段既漫长又遥远的路途。但他却不肯在路途中间停下来，担心自己的祖父会站不稳，他一边调整自己的呼吸一边说道："祖父，您是经常脚疼吗？是不是站着都会觉得脚很疼呢？那您可以经常煮热姜水来泡脚。霍普森伯伯以前脚疼时就经常那么做，他的姜水几乎都是我帮他煮的。他每次泡完都说很舒服、很有效呢。"薛德里一边说，一边喘着粗气，但他始终坚持着。德克儿和侍者跟在他们后边，他们看到气氛在慢慢地转变。伯爵好像慢慢地把重量移了一些回去，还不时地低头看看薛德里，看见他涨红了的小脸，伯爵好像还露出了一丝很不舍得的表情。

终于到达餐厅了，薛德里一直把老伯爵扶到了椅子旁边，搀扶他坐了下来，这才卸下了肩头沉重的担子。站在一旁的侍者们看着这个景象，都震惊了，站在那里说不出话来。

等老伯爵终于坐好了，薛德里才走到一旁的座位上坐了下来，掏出了杰克送给他的红手帕，一边擦了擦脸上的汗珠，一边喘着气说道："天气可真是热啊！"

"辛苦你了，哈哈哈！"伯爵一边说着，一边终于忍不住笑了出来。

一旁的侍者更是惊呆了，他们可是很少能见到伯爵笑呢，而且是如此开心爽朗地笑。

薛德里擦完了汗，小心翼翼地把红手帕重新叠好，一边放到口袋里，一边说道："没什么，祖父。我只是觉得天气有点热。"他这么说并不是争强好胜，只是不想让祖父担心罢了。

老伯爵对饮食非常挑剔，每日三餐可以说是他仅有的乐趣之一。所以每天厨师都会绞尽脑汁地设计菜式，还要顾及各种营养的搭配，生怕伯爵会不满意。每次伯爵只要心情不好或是胃口不好的时候，厨师们都要担惊受怕。可是今天却和平时完全不一样，伯爵好像完全不在意摆在桌上的美味佳肴，而是把心思全放在另一件事情上了，那就是他今天刚刚见面的可爱的孙子。他一直隔着餐桌和薛德里说话，老伯爵平时在进餐的时候是从不说话的，也不喜欢别人在他用餐的时候打扰他。他说话的时候只有一种情况，那就是他对当天的食物很不满意，大发雷霆，那旁边的侍者就都要遭殃了。可他今天却和薛德里聊得很开心，侍者们从来没有见过老伯爵这个样子。

老伯爵自己呢，心里更是开心得不得了，他对薛德里本来就十分满意。他刚刚故意试探了一下薛德里的忍耐力和勇气，结果发现薛德里是一个那么坚强的小孩，内心可真是无比满足和自豪。

薛德里一边咽下一口牛排，一边问道："祖父，您是不是经常要戴着冠冕呢？"

"不，我戴着它老觉得不舒服，所以都不戴。"老伯爵宠爱地看着薛德里，回答道。

"霍普森伯伯说过，当伯爵得经常戴着冠冕。可是他后来又对我说，戴帽子的时候可以把冠冕给摘下来。"

"对啊，就是那样子的。哈哈哈！"老伯爵听了薛德里的话，一边笑一边答道。站在一旁的侍者突然把头转到一边，还用手捂着嘴巴，尽量轻声地咳嗽了两声。其实他不是咳嗽，而是听了这祖孙俩的对话，差点笑了出来，赶紧自己强行压制下来，头转到一边装作咳嗽的样子。

祖孙俩在非常愉快的气氛下，不一会儿就把饭吃完了。薛德里拍了拍他微微鼓起的小肚子，说道："我吃饱了！"说完又向四周打量了起来，"祖父，您的这所房子好大、好漂亮哪！您住在这儿一定很开心吧。"

"什么？你是说我很快乐吗？"伯爵好像一下子给难住了。

"是呀，能住在这种地方，我想不论是谁都会很开心、很喜欢的。我也很希望有那么一个家呢。家里有很大的庭院，可以用来种很多的树和花草，春天的时候可以欣赏漂亮的花朵，夏天的时候可以在树下乘凉、玩游戏，那该有多快活啊！"薛德里正幻想着，突然停了停，向四周看了看说，"不过，祖父，这么大的房子，只有我们俩住的话，不会太大了吗？"

"不会啊，我倒认为刚刚好。"老伯爵说着摇了摇头，接着又问道，"你觉得太大了吗？"

薛德里有点寂寞地说道："是啊，我有点那么认为呢。您想，那么大的屋子里只有两个人住着，要是这两个人的感情不好的话，唉……"薛德里叹了口气继续说道，"我想可能有时会觉得很寂寞呢。"

"那么，和我住在一起怎么样呢？"老伯爵问道，脸上略带一丝担心地等着薛德里的答案。

薛德里开心地朝伯爵笑了笑，非常肯定地说道："那我相信一定会很好的！我和霍普森伯伯都能成为那么好的朋友，更何况是祖父您呢？我喜欢他可是仅次于我最喜欢的人呢！"

"你最喜欢的人？是谁？"老伯爵问道。

薛德里不知道该怎么说，他有点担心地看了看老伯爵，小声地说道："是妈妈。"他毕竟只是一个七岁的孩子，七年来几乎都是和他的母亲相依为命，更何况是第一次来到异乡，离开了自己母亲的身边。

自从提起了薛德里的母亲以后，薛德里的情绪就不是很高涨了。特别是看到天色渐渐暗了下来，到了要上床就寝的时候，他便更加想念他的母亲了。可是当老伯爵站起来的时候，他还是马上跑了过去，很小心地扶着老伯爵，一直把他扶回了书房。不过，这次的路途没有那么辛苦了，因为老伯爵已经完全接受并喜欢上了薛德里，又怎么舍得把全身的重量都压在自己可爱的孙子身上？

回到了书房以后，薛德里就一直躺在壁炉前面的地毯上，而德克儿呢，就好像认定了薛德里就是它的新主人似的，一直陪在他身边。这时，只见薛德里一边摸着德克儿的头，一边迷茫地看着壁炉里微微跳动的火光，好像有什么心事似的。薛德里一向是个乐观的孩子，总是笑意盈盈的样子，很少能看见他这么低落，时不时还能听见他小声地叹着气。伯爵呢，则是一直靠在椅子上注视着他，看见他低落的样子不禁问道："你在想什么呢，冯德罗？"

薛德里回过头，尽量在脸上堆满了笑容说道："我在想妈妈呢，祖父。"他笑了笑，"我，我好像坐得脚都有点麻了，我想我站起来到处走走也许会好些。"说着便站了起来，走到离壁炉比较远的地方，背对着老伯爵。其实他的眼睛里早已全是晶莹的泪水了，可是他却一直努力忍耐着，不让泪水流下来。他把双手插在口袋里，在房间里慢慢地走着，不时地擦擦眼睛里的泪水，生怕被伯爵看到，怕他会担心。德克儿好像也感觉到了小主人的不对劲，站了起来，跟在薛德里的后面。薛德里蹲了下去，拍了拍它的头，轻声地说道："德克儿，你可真是条好狗啊。可是，你大概不能了解我的心情吧。"

虽然薛德里说得很小声，可是房间很安静，老伯爵还是听到了，他问道："什么心情？"老伯爵的话音里带了一点点的不高兴。他看到薛德

里一个劲儿地在想他的母亲——那个美国女人，心里很不高兴。可是薛德里才七岁，就这么懂事，看他努力压抑着自己对母亲的想念，伯爵也很感动，他朝薛德里招招手说道："来，冯德罗，到我这儿来！"

薛德里走到老伯爵的身边，蓝色的眼睛里充满了困惑、难过，他说道："我还从来没有离开过妈妈呢，更没有一个人在外面过过夜。不过还好，妈妈住的地方离我不太远，我可以经常去看她。而且，我都七岁了，要学会自己生活，要坚强。所以，当我觉得寂寞和难过的时候，我只要看看妈妈的相片就会好了。"薛德里一边说着，一边从衣服口袋里拿出了一个紫色的小匣子。他按了一下开关，小匣子的盖子就弹开了："祖父，您看。妈妈就在这里面呢。"他打开匣子看着自己的母亲，心情一下子变好了很多，抬起头看着伯爵，把小匣子递到伯爵眼前。

老伯爵皱了皱眉头，他心里可是一百个不愿意见到那个美国女人，可是他不希望薛德里会因此难过，所以勉强地扫了一眼。结果出乎他的意料，他竟然看见了一位面貌和薛德里一样秀美的妇人。那位妇人年轻、秀美，而且很有气质。老伯爵又看了一眼照片，接着看着薛德里问道："冯德罗，你很喜欢你的母亲是吗？"

"是的，非常喜欢！"薛德里毫不犹豫地说道，"还有霍普森伯伯、杰克、玛丽，他们都是我很好的朋友。可是如果要比起来的话，我还是最喜欢

妈妈。自从爸爸去世以后，都是她辛苦地把我养大的。所以将来等我长大以后，我一定要赚很多的钱给妈妈。"

"那么，你要怎么赚钱呢？"老伯爵问道。

"我本来想和霍普森伯伯学做生意的。"薛德里说着，低下头看了看德克儿，"可是我又希望能当上总统。"

老伯爵听了以后，笑道："好，虽说英国没有什么总统，可是我能让你进贵族院！"

"那好啊！如果不能当总统，这也是个不错的主意呢。杂货店有时也会不景气。我这么说可千万别被霍普森伯伯听到，不然他得不高兴了，哈哈。"薛德里回答道，还笑了两声。接着又走到壁炉面前坐了下来，继续想着什么似的默默地看着炉火，整个房间仿佛都被恬静给包围了。伯爵则还是坐在那张靠椅上，目不转睛地注视着他那个可爱的孙子。

没过多久，郝维斯先生就来了。可当他走进房间的时候，房间里非常安静。他向伯爵常坐的靠椅那儿看了看，果然看到了伯爵坐在那里，便朝伯爵走过去。伯爵也看到了郝维斯律师，连忙抬起手来放在嘴边，提醒他注意脚步声。这时，只看见壁炉里跳动着微红的火光，德克儿还在那儿睡，而在它旁边的则是可爱的小公子冯德罗，他正甜甜地睡着呢。

老律师看见了薛德里，又看了看老伯爵。只见老伯爵脸上挂着从未有过的幸福表情，郝维斯先生心里也高兴极了。他觉得此时还是把时间留给他们祖孙俩吧，于是退出了书房。他站在书房的门外，心里暗自想着："这个可爱的小天使一定能给这个家带来改变的。一定会的！"

第八章　意外的礼物

进入城堡的第二天，薛德里被一阵清脆的小鸟叫声惊醒了。他醒来发现自己竟躺在一张无比柔软的大床上，床的顶上罩着漂亮的金色帷幔。他坐起身来向四周看了看，这简直就像是童话里的房间一样。壁炉里有火光在跳动，阳光从窗户外洒了进来。从窗户向外看，到处都是绿油油的参天大树，漂亮极了。房间里还坐着两个妇人，她们见薛德里醒了，就马上向他走了过去。其中一个是艾伦夫人，另一位薛德里则不认识。

薛德里揉了揉眼睛，笑道："早啊！艾伦夫人！还有这位夫人，您早！"薛德里很有礼貌地向她们打招呼道。

"公子早。"艾伦夫人说道，"您昨晚睡得还好吗？"

"很好啊，我睡得很舒服呢。"薛德里一边说一边伸了个懒腰，"可是我昨晚是跟祖父一起在他的书房啊，怎么会到这儿来了呢？"他一边说一边看了看四周。

艾伦夫人笑道："您昨晚在伯爵的书房睡着了，我们把您抱过来的。可能是您睡得太熟了，都没有发现吧。这里才是您自己的房间。喜欢吗？"看薛德里高兴地点了点头，艾伦夫人继续说道，"这位是陶声太太，从今天起，就由她来服侍您，您的一切杂务都会由她帮您做的。"艾伦夫人说完，指了指她身后的那位妇人。

"谢谢，你是陶声伯母吧。"薛德里坐了起来，伸出了右手，态度就像昨晚他和伯爵握手时一样真诚。

那位妇人高兴极了，她没想到小主人会那么客气地称呼她，还要跟她握手。她赶紧伸出手来握住薛德里的手，说道："公子，请您不要客气。
您以后叫我陶声就可以了。以后您每天早晨起来，请您先换上衣服。至
于衣服，我会每天晚上就给您准备好，放在您的床边的。等您换好衣服后，
再到那边的房间去用早餐。"陶声太太恭敬地说道。

"好的，我记住了，谢谢你。我很小的时候就会自己穿衣服了，因为
我们家的女佣玛丽忙不过来，所以妈妈都让我自己穿。"薛德里一边得意
地说着，一边换上床头边上摆着的衣服。艾伦夫人和陶声太太听了，高
兴地点点头。

薛德里不一会儿就自己换好了衣服，到卧房隔壁的房间里吃早饭去
了。他一边吃早饭还一边和陶声太太聊天，不一会儿就成了好朋友。从
谈话里，薛德里知道了陶声太太的丈夫在战场上阵亡了。她还有个当船
员的儿子，可多年来都一直在船上工作，很少能回家去陪她。薛德里还
听说陶声太太的海员儿子经常会带许多从小人国、食人岛等地方搜罗来
的小礼物，这些东西里还有不少是从海盗手里夺来的呢。他听了十分好奇，
当下就和陶声太太约好，等以后一定要拿给他看看。

不一会儿，有个侍者进来了，说："公子，伯爵请您过去。"

"啊，是祖父叫我过去呢。我得赶快过去跟他问好。"
薛德里一边说着，一边高兴地朝门外跑去。到
了书房，只见老伯爵已经坐在他的靠椅上
等着薛德里了。薛德里一进去，德克
儿就殷勤地跑到了他身边，薛德里
摸了摸它的头，然后高兴地跑到老
伯爵身边，说道："祖父，您早呀！
抱歉，我昨晚在您的书房睡着了。
您昨晚睡得好吗？"

"你早，冯德罗。我睡得
很好，你呢？"老伯爵笑着
问道。不知怎么的，他

只要见到薛德里就会觉得很开心。

"我也睡得很好，那张大床真是舒服极了。还有我的房间，好大好漂亮，我很喜欢。"薛德里高兴地说道。接着，薛德里就跑到老伯爵的几个大书柜前面打转，还天南地北地和老伯爵聊着天，时间过得很快，不一会儿就过了中午。薛德里看了看窗外的天，心情突然有些低落了。看到薛德里突然不说话了，老伯爵问道："你在想什么呢，冯德罗？"

薛德里转过身，走到老伯爵身边，小声地说道："祖父，我可以去看看母亲吗？她一定在想念我呢！"见伯爵没有说话，薛德里继续说道，"我很想念母亲，我想去见她，她一定在等我呢。我们约好我要去给她讲发生在城堡里的事呢。"

"你可以过几天再去，今天你可以去城堡里到处看看，有很多地方你还没去过呢。难道你不想去吗？"老伯爵对薛德里老是挂念着那个美国女人这件事心里很是不满。他可不希望他的孙子老是想着那个美国女人，还整天嚷着要去见她。

"可是，我真的很想念母亲呢。"薛德里难过地说着，眼睛里都充满了泪水。

老伯爵看到薛德里那么难过的样子，心里也十分不忍，只好答道："那好吧，你按那边的电铃，就会有人过来了。我会让人送你去的。"

"难道您不陪我一块儿去吗？"薛德里虽然很想见他的母亲，但也不希望自己的祖父一个人在城堡里孤孤单单的。

"不，这次就你自己先一个人去吧。"老伯爵还是不想去见薛德里的母亲。

"那好吧，祖父。不过下次请您跟我一块儿去吧，母亲一定会很高兴见到您的。"

不一会儿，侍者就过来把薛德里带走了。老伯爵看着薛德里离去的身影，觉得更孤单和落寞了，他多想把这个可爱的小天使永远留在自己的身边啊！

到了晚饭的时候，薛德里回来了，他的脸上带着两朵可爱的红晕，

兴奋地向伯爵跑过来，向他描述着他在他母亲那边的事情。老伯爵虽然不想听到那个美国女人的事情，但他不愿薛德里不开心，还是耐着性子听下来了。不过他心里在想着，明天一定要留住薛德里，不能让他每天都到那边去。

又是一个阳光明媚的早晨，薛德里起来，自己穿好了衣服，和陶声太太一边聊天一边吃着早饭。突然，陶声太太对薛德里说道："公子，您知道您还有另外一间小房间吗？"

"什么？还有一间？"薛德里很惊讶地问道，"那房间里有什么东西？"

"应该有些有趣的东西吧。等您吃完早饭我带您去看。"陶声太太说道。

薛德里听说自己还有个房间，房间里还有有趣的东西，很快就把饭吃完了，站起身来迫不及待地催促陶声太太："我们现在就去看房间吧。"说罢，拉着陶声太太就往外走。

陶声太太看他那迫不及待的模样，故意慢吞吞地走到旁边的一个房间，说道："公子，您把眼睛闭上，我领您进去，等我让您睁开眼您再睁开哦。"

"好的，好的！"薛德里简直都等不及了，他赶紧把眼睛闭得紧紧的，拉着陶声太太的手进到了房间里。

"好了，睁开眼睛吧。"

刚刚听到陶声太太的声音，薛德里就赶紧把眼睛睁开了。房间里的东西让他大吃一惊，连呼吸都变得急促了，小脸也涨得通红，两只漂亮的眼睛瞪得大大的，简直都要跳出来了。这个房间里的陈设，无论是墙壁、窗帘、地毯，都是鲜艳夺目的颜色。书柜里摆满了各式各样的书籍，桌子上、橱柜里全都是精致的玩具。薛德里简直惊呆了，就连美国的玩具店也不如这房间热闹呢。看着这一屋子的东西，他过了许久才缓过气来，问道："那么多玩具……都是谁的啊？"

陶声太太看着薛德里通红的小脸蛋，回答道："这些都是您的呀！公子，您可以随便玩。"

"什么？都是我的？"薛德里听到这个答案，差点没跳起来。他激动地继续说道："这些真的是我的吗？那么多玩具，怎么会都是我的呢？是谁，谁给我的？"他一边说，一边高兴得上蹿下跳，看看这个摸摸那个，高兴得不得了。他可是从来没想过，自己竟然会拥有那么多玩具呢。"噢，我知道了！是祖父！"他一边说着，一边激动地抓着陶声太太的手，"这

些一定都是祖父给我的吧！"

"是的，伯爵说怕您一个人寂寞，所以特地给您准备了这些玩具。"

薛德里听了高兴极了，他欢天喜地地到处看着，想弄清楚这房间里到底有些什么东西。可是房间里的东西实在是太多了，他都不知道该从哪儿开始看起了。他边走边看，发现都是自己喜欢的东西，"祖父怎么能搜集到那么多书和玩具呢？而且都是我喜欢的。"

正在这个时候，有侍者来传话了，说伯爵要见薛德里。薛德里马上跑下了楼，冲进老伯爵的房间，高兴地叫道："祖父，您早呀！"他眼睛里充满了兴奋和对老伯爵的感谢。他跑到老伯爵床边，说道："祖父，您真是太好了，给了我那么多的书和玩具，真是谢谢您。我刚刚拼命地想看看到底有多少东西呢，可是东西实在是太多了，我还没看完一半呢。"

"嗯！那些东西里有你喜欢的吗？"老伯爵感觉一起床就能看见薛德里那么开心的样子，心里也开心极了。

"我全部都很喜欢，那些全都是我最喜欢的东西呢！"薛德里一边说一边激动地拉着伯爵的手，"像您这么慈祥又亲切的祖父，我敢肯定，世界上再也找不出第二个来了！"

听薛德里那么说，老伯爵突然有点不好意思了。其实他准备了那么多的玩具，是想要薛德里忘记他的母亲，让他安心地留在城堡里，并不是出于什么慈祥和亲切。

不过第一次见到那么多玩具的薛德里实在是太激动了，他说道："祖父，如果您的脚不是那么疼的话，我们一起玩那些玩具好吗？我刚刚看到了一个游戏，很好玩的，是一种模仿棒球的游戏。您知道棒球的玩法吗？"见老伯爵摇了摇头，薛德里继续说道，"我以前跟霍普森伯伯一起玩过很多次，真是太好玩了。我来教您玩好吗？您一定也会觉得很有趣的。"

"好，好，你去把它拿过来吧。"看见薛德里邀请自己一起玩，老伯爵感觉来了精神。

不一会儿，薛德里就把玩具箱整个地抱下来了，他们祖孙俩坐在一

张小桌子前面，把玩具摆好，薛德里开始很细致地讲起了游戏规则，伯
爵则在一旁仔细听着。"好了，我们开始吧。其余的规则您玩着玩着就懂
了。"说着，薛德里就像小猫一样跳来跳去，摆开了架势，一会儿紧张地
看着，一会儿又拍手大笑，高兴地跳来跳去。

　　老伯爵呢，本来只是想应付一下孙子的要求，和他玩玩、散散心，
可是看到薛德里那副高兴的模样，不由得也被吸引进去了。满头白发的
老伯爵，竟然一时间忘记了脚痛，和可爱的小孙子一起沉醉在了游戏里面。
假如让别人看到老伯爵现在这副样子，他们一定会惊呆的。

第九章　小小慈善家

半个小时后，一位绅士在侍者的引领下进来了。他是一位牧师，叫毛丹德。他看见房间里的情景，不由得吓了一跳，往后退了几步，差点没和仆人撞到了一起。毛丹德牧师因为职务上的关系，经常不得不到城堡来，可是每次来都会受到无礼的对待。老伯爵总是很傲慢地对他，特别是当他提起教会的慈善事业。

当老伯爵的辖区里有人生活困苦或重病，需要他出钱接济的时候，他更是会很不高兴，经常破口大骂。所以，不是迫不得已，毛丹德牧师也非常不愿意到城堡里来。

他这次来就更是胆战心惊了。第一，他听说伯爵的脚痛已经连续发作五六天了；第二，听说伯爵的小儿子艾尔罗特和美国女人所生的孩子，在两天前刚刚抵达城堡。大家都知道，伯爵非常讨厌那个美国女人，认为他那个美国长大的孙子一定是个没教养的野孩子，所以毛丹德牧师觉得伯爵这会儿肯定在大发脾气呢！他战战兢兢地推开了门，打算承受老伯爵的怒骂声，没想到却从房间里传来了小孩子银铃般的欢笑声。

"打得好！两个死球！"是一个清脆的小孩子的声音。

毛丹德牧师往房间里一看，又是吓得向后一退。只见老伯爵正和一个非常可爱的小孩子坐在一张小桌子前面，两人正高兴地玩着游戏。那个小孩非常可爱，脸紧贴着桌边，正在仔细地观察着什么，样子十分逗人喜欢。

这时，伯爵才发现有人进来，他抬起头来说道："哦，是你啊，毛丹

德。"伯爵亲切地向牧师打了个招呼。

　　毛丹德牧师从来没有听过伯爵用那么温和的语气和他说话，他很恭敬地走到伯爵身边说道："早安，伯爵！"让他更想不到的是，伯爵居然还友善地跟他握了握手。只见老伯爵把另一只手放在那个可爱的孩子肩上，说道："看哪，毛丹德，这就是我的孙子冯德罗。"说着看了看薛德里，又说道，"冯德罗，这位是这个教区的牧师毛丹德先生。"

　　薛德里马上伸出了他的小手，很认真地用大人的语气说道："您好，毛丹德牧师。很高兴见到您，请您多多指教。"

　　"很高兴见到您，冯德罗阁下。十分欢迎您的到来！"牧师全身上下地打量着薛德里，"这是一个多么可爱的孩子，他一定是一个很善良的人。"毛丹德牧师心想。

　　"毛丹德，今天是什么事？是不是又有谁有什么困难了？"老伯爵一边对牧师说，一边招呼薛德里到自己身边坐下。

　　"是的，是那个佃农希金斯……"牧师停了停，继续说，"是爱基田庄的希金斯，他从去年秋天开始就生病了，几个小孩也先后得了猩红热，现在连他的妻子也病倒了。可是账房的牛威克却在这时候去催租，还说如果交不出来的话，就让他搬走。他让我到您这儿来，希望您能宽限他几天，他会尽量设法补交的。"他停下来看了看老伯爵，发现老伯爵已经

露出了不高兴的脸色，但他还是硬着头皮继续说道，"希金斯是一个老实人，又很勤劳，只是运气总是不好。他现在真的很困难，如果没了耕地的话，他们一家一定会活活饿死的……"

"这不是和梅克尔的情况一样吗？"还没等牧师讲完，在旁边听着他们谈话的薛德里突然大声地说道。

伯爵和牧师都吃了一惊，老伯爵低下头来看着薛德里，笑道："对呀，我都差点忘了我们还有一位小慈善家呢。不过，那个梅克尔又是谁？"

"他就是艾莉的丈夫啊。他得了热病，没钱看病，都交不起房租，在他们最困难的时候，我收到了祖父给我的钱，还用那些钱帮了他们一家人。"薛德里振振有词地说道。

伯爵听了，想了想，问道："冯德罗，要是你遇到这种事，你会怎么解决呢？"

薛德里看着老伯爵，认真地说："如果我是个有钱人，我就会让那个人继续留在那儿工作，并且还要买一些药和补品送给他们。"他停了停，用真诚和期待的眼神看着老伯爵，继续说道，"祖父，您也会这么做吧？"

伯爵没有回答他，只是看着他问道："你会写信吗？冯德罗。"

"我会，可是我写得不太好。"薛德里答道。

"好的，希金斯是不会在乎你写得好不好的。"伯爵收拾了一下桌子上的东西，把钢笔和墨水放在薛德里的面前，接着说，"慈善家不是我，是你！所以，这信就由你来写吧。"

"您确定是我来写吗？祖父。"薛德里用一副很不理解的表情看着老伯爵。

"对，你来写。你打算怎么处理希金斯，就怎么写。"伯爵看着薛德里，笑着说道。

薛德里这才走到了桌子

前，两只手托着下巴，想了很久才开始写。他写得很慢，不时还停下来想想，叹口气。过了几分钟，他终于写好了，把信递给了老伯爵，脸上露出很担心的笑，问道："这样可以吗？祖父。"

只见信上写了两行字：

准许希金斯留居原地，继续工作。

冯德罗

"好，很好。希金斯看了一定会高兴的。"伯爵笑道，把信递给了毛丹德牧师。

牧师拿着这封信，高兴地离开了托林柯特城堡。他简直高兴极了，对他来说，他从城堡里带回去的并不只是一封信而已。那么多年来，他经常到城堡里去，可却从没得到像今天一样的款待。他现在手里拿着信，心里则是满怀着光明和希望。

送走了牧师，薛德里回到祖父的身边说道："祖父，我现在可以去看看妈妈吗？她一定在想念我了。"

伯爵想了想，说道："其实还有一样东西，我想你一定会喜欢的。它在马圈里，你按一下铃看看。"

"那个……能留到明天看吗？妈妈现在一定在等着呢，我也很想念她。"薛德里可怜巴巴地说道。

"那好吧，我叫马车送你去好了。"伯爵看了看窗外，又满不在乎地说道，"其实那也只不过是一匹小马而已。"

"小马？"薛德里一听，心里一惊，拉着老伯爵问道，"是谁的小马？"

"当然是你的啦。"老伯爵说道。

薛德里似乎还不敢相信："我的？真的是我的吗？"

"对，就是你的。你要看看吗？我这就叫人把它拉来好不好？"

"祖父您真是太好了，我从来没有想过我会有一匹小马呢！"薛德里高兴极了，可他马上又安静了下来，"可是妈妈一定在挂念我呢，今天看来是没空去看我的小马了。"

老伯爵看连小马都留不住薛德里了，只好说道："好吧，我让人送你过去。今天我和你一块儿过去。"因为想和薛德里多待一会儿，老伯爵今天决定送薛德里一起去。

一路上，老伯爵默默不语，薛德里则是高兴地说个不停，兴奋地问道："小马是什么颜色？它有名字了吗？它有多大，喜欢吃什么？妈妈知道了也一定会很高兴呢。她也知道我很喜欢马。"

薛德里突然静了下来，看着老伯爵说道："祖父您真是个好人，全世界也找不出第二个您这样的人来了。妈妈常说：'不为自己打算，却专为别人着想的人，就是最伟大的人。'我想您就是那样的人。"伯爵听着薛德里的话，不知道该说些什么好。薛德里继续说道："我知道的人很多都受到您的恩惠，我算过了，有二十多个呢。祖父，您真是个伟大的人，让那么多人得到了幸福。"

"你是这样认为的吗？冯德罗。"老伯爵问道。

"是啊，祖父。我要写信给我的好朋友霍普森伯伯，他很讨厌贵族。我要告诉他贵族并不是像他所想的那样，我还要告诉他，祖父是我所见过的人当中最好的一位。我长大后也要做祖父这样的人。虽然我现在可能做不到，但我会学习的。"

看着薛德里天真的表情，老伯爵不禁想起许多事情。想起自己虽拥有广阔的土地，还有那些住在他领土里的百姓，可那么多人中，有羡慕他的财富、地位的人，有害怕他权威的人，有想要侵占他权力的人，却找不出一个像薛德里那么真诚对待他、爱慕他的人来。他是那么尊重自己，还说要向自己学习，他现在真的很怀疑自己有没有资格当孙子的榜样。

没过多久，马车就出了大门。再跑了一阵，就来到了卡特罗地。还没等马车夫开门呢，薛德里就自己推开了车门，兴奋地跳了下来。可他并没有马上跑开，而是伸手去扶伯爵下车。可伯爵好像并没有要下车的意思，继续坐在马车上说道："你自己过去吧，我不去了。"

薛德里吃惊地问道："祖父，您不见见妈妈吗？"

伯爵朝马车外看了一眼，别过了脸去，说道："不去了！你去告诉她，就连小马都留不住你。"他停了停，看了看薛德里失望的脸，"你去吧，等你回来的时候我会叫马车来接你的。"说着就让马车夫驾着马车离开了。

薛德里目送马车离开，他始终不理解祖父为什么不肯见妈妈。然后就朝母亲的房子奔去了。老伯爵坐在车上看着薛德里飞一样跑到房子门口，从门里出来一位身穿黑色长裙的年轻妇人。只见他们俩一见面就紧紧地拥抱在了一起。伯爵看在眼里，不由得露出了一抹寂寞的表情。

第十章　小骑士

礼拜天，每个人都会到毛丹德牧师主持的教堂去做礼拜。一大清早，教堂门口就围了许多人，大家都在打听关于托林柯特小主人的事。到现在为止，只有毛丹德牧师一个人亲眼见过小公子，所以他早就被里三层外三层地围住了。大家都纷纷在谈论着薛德里，有的人在谈论他可爱的外貌，有的则在谈论他的品格。当然，他帮助了希金斯的事也是讨论的热门话题。

正在人们讨论得热火朝天的时候，突然有个人叫道："看哪！是小公子的母亲来了！"大家听到后，纷纷朝那个人指的方向看去，只见一个身穿黑色衣裙的年轻妇人朝教堂走来。她看起来是那么的温柔娴静、气质不凡。"看哪，多么高贵美丽的夫人。"人们不禁赞叹道。

艾尔罗特夫人似乎还没有感受到大家的目光，直到有个老太太走到她身边，恭敬地向她行礼问好，她才注意到大家的视线都在她的身上。她走近后，大家更是一致地脱帽向她行礼。一开

始她并不明白大家为什么这么做，后来她才明白，大家是因为她是冯德罗的母亲而对她格外尊敬。艾尔罗特夫人于是也逐个向人们还礼，然后才走进了教堂。

艾尔罗特夫人刚进教堂不久，托林柯特的马车就到了。人们更加沸腾了，他们等待已久的小公子终于到了。马车夫一开门，就从车里跳下来一位漂亮的少年，他身穿黑色天鹅绒衣服，金发随风飘扬着。"瞧啊，多可爱的少年。"

薛德里没有察觉旁人的目光，只是一心一意地在扶着他的祖父下马车。"祖父，您把手搭在我的肩膀上。"薛德里一边扶着老伯爵下车，一边微笑地看着等在一旁的人们，"看哪，祖父。大家都在微笑呢，他们一定都认识您吧。"

老伯爵看着薛德里，笑道："快把帽子摘下来，他们都在向你行礼呢！"

"什么？"薛德里惊讶地看了看老伯爵，"向我行礼？"他一边问，一边赶紧把帽子摘下来，向大家回礼。

"愿上帝祝福您，公子。"人们纷纷向薛德里表示着最诚心的祝愿。

"谢谢，谢谢你们。"薛德里从没见过这样的场面，他一边高兴地跟每个人打招呼，一边扶着老伯爵走进教堂，祖孙俩显得非常亲密。

进入教堂后，薛德里马上发现了他的母亲，她正坐在他对面向他招手、微笑呢，薛德里真是开心极了。他马上

又注意到了另一个事情，在他座位旁边有块大石头。石头上还雕有人像，那两个人像合着手掌，正相对着祷告。石头下方还刻有一行字：

第一世托林柯特伯爵乔治·亚瑟及夫人丽莎·希加特长眠于此

看到薛德里不解的样子，老伯爵解释道："那是你的祖先，几百年前他们就生活在这儿了。"

薛德里点了点头，用极为尊敬的眼光，细细打量着那两尊石像。就在这时，礼拜仪式开始了。音乐响起，薛德里站了起来，和他的母亲遥遥对着，相互微笑，相互祝福着。

礼拜结束后，薛德里扶着老伯爵走出教堂。只见有个中年男人在教堂门口徘徊，他面容消瘦，穿着也十分简陋。他看到了老伯爵，立刻向他们走了过来。

"哦，是希金斯啊，是来拜见他的新地主的吧。"老伯爵很冷淡地说。

薛德里听到是希金斯先生，马上抬起头来看。只见那个人走进来，恭敬地行了礼："老爷，牛威克先生告诉我，是公子说情，我和我的家人才能继续留在这里。我今天是特地来向他道谢的。"

薛德里显得有些不好意思，他微笑着说道："我只是按照祖父的意思写了封信而已。那么你和你太太的病好点了没有？"

"都已经好多了，这都是托您的福哪。"希金斯由衷地说道。

"那就好了，不用那么客气。我和祖父都很担心呢，你们一家如果都病了，该怎么生活呢？"薛德里听说希金斯一家的病都好多了，松了口气。

老伯爵看到薛德里开心的样子，心里也很高兴，他对希金斯说道："怎么样啊，希金斯，你们以前可都看错我了吧？以后如果你们真想知道关于我的事，就问冯德罗吧。"他骄傲地说着，又看了看自己可爱的孙子，"来，冯德罗，我们上车吧，该走了。"然后，他在薛德里的搀扶下上了车，开心地离去了。

希金斯被伯爵的话给惊呆了，站在那里目送着马车离开，久久都没

能回过神来。

在薛德里还没来以前，七十多岁的老伯爵，要独自忍受病痛与孤独的折磨，对生活感到十分的厌倦。身边的人因为他的脾气也都厌恶他，来访的客人也只是惧怕他的权威而表面上尊敬他。所以他平时的生活十分乏味，每天只能骂骂那些仆人来消遣一下时光，性情变得越发暴躁。就在这个时候，薛德里来了。老伯爵非常傲慢，如果薛德里只是人品好，但却长得难看的话，老伯爵不会喜欢他。如果他只有外表，但却很笨的话，伯爵也会讨厌他。可他却是一个那么可爱的孩子，而且还具有崇高的品格。老伯爵认为他完全继承了托林柯特伯爵家的血统，觉得非常满意和骄傲。

薛德里来了以后，老伯爵脸上经常挂着笑，不时还爽朗地笑出声来。要是有客人来的话，他则会很骄傲地向别人夸耀自己的孙子。以往忧郁无聊的日子消失不见了，每天变得充满阳光和希望。特别是薛德里学骑小马的那天，老伯爵高兴地叫仆人端了把椅子坐在书房窗前，兴奋地看着孙子的一举一动。一开始，老伯爵还担心薛德里初学骑马，难免会害怕。但他的疑虑马上就被打消了，薛德里一见小马，就兴高采烈地骑了上去，完全没有一点畏惧的表情，反而十分开心。

"祖父，我能单独骑一会儿吗？"不一会儿，薛德里就不想光坐在马上，任由别人牵着走了，他向老伯爵喊道。

"你觉得你可以吗？"老伯爵问道。

"我想要试试看，祖父。"薛德里一副很认真的表情，两手紧紧地拉着缰绳。

老伯爵想了想，对马夫说道："让他骑骑快步吧。"

马夫骑上了自己的大马，用另一只手牵着薛德里的小马，开始用快步跑了起来。这会儿，小马就开始颠起来了，薛德里在马背上摇得前仰后合的。马夫赶紧说道："踏紧脚镫，公子，您很快就能习惯了。"只见薛德里一边很用力地用脚夹住马背，一边还尽量保持上身挺直。

不一会儿，他们就消失在小树林里了，伯爵脸上不免出现了一丝担心的表情。可没过多久他们就回来了，薛德里一副兴致勃勃的样子，小

脸红红的。他的帽子不见了，头发被风给吹散了，可还是没有一点害怕的表情。

"你的帽子呢，冯德罗？"老伯爵问道。

马夫微笑着说："公子的帽子不小心让树枝刮到，掉在树林里了。"

"是啊，我们骑得太快了，都没来得及下去捡。"薛德里骄傲地向他的祖父说道。

马夫接着说道："小公子似乎都不知道什么叫害怕呢。我以前也教过不少少爷们骑马，但都没有见过一个这么勇敢的。"

老伯爵骄傲地看着自己的孙子，心里真是满意得不得了。看着薛德里满头是汗，老伯爵说道："累吗？要不要下来休息会儿？"

"我没想到骑快了会摇得那么厉害呢。"薛德里边说边伸手擦了擦额

头上的汗，"可我还不想下去，我还想再骑得更好些。待会儿我还要自己去把帽子给捡回来呢！"薛德里得意地说着，金色的头发随风飘起，好像是一个小骑士一样。不一会儿，薛德里又骑着小马消失在了小树林里。这次，他骑得比上次快多了。几分钟后，树林里传来了马蹄声，薛德里骑着他的小马跑在前面，一只手里还拿着他的帽子。他跑到了老伯爵书房的窗口停了下来，满脸神气的样子。

从此以后，托林柯特城堡里就能经常看见薛德里骑着他那匹棕色的小马到处奔跑。有时他还会骑出城堡，到外面乡村的小路上跑跑。村子里的小孩子们也都很喜欢小马，当然他们也都很喜欢薛德里。所以每次只要听到马蹄声，小孩子们都会跑到路边兴奋地向薛德里挥手。每当这个时候，薛德里就会放慢速度，和小朋友们热情地打招呼。

有一天，薛德里照例又骑着他的小马出去了，他的马夫威尔金一直跟在后面。他们走到学校的时候，看到路边坐着一个小孩。原来是巴狄家的孩子，那孩子的腿瘸了一条，正坐在路边休息呢。薛德里骑着马到他身边停下来，跳下了马。威尔金觉得很奇怪，问道："您要做什么，公子？"

薛德里理所当然地说道："这孩子的腿瘸了，不好走路。我让他坐在我的马上，送他回家去。"威尔金赶紧跳下马来说道："公子，让他坐我的马就可以了。"

薛德里却不愿意，扶着那个小孩上了自己的小马："你的马太高了，他坐着会很不舒服的，还是坐我的比较好。"说完，自己牵着马在前面走，一路上还和那个小孩高兴地聊着天。

不一会儿，他们就到了巴狄家，巴狄的妈妈还以为发生了什么事呢，赶紧从屋子里跑了出来，十分紧张地看着薛德里。她以为是自己的儿子惹了什么祸。薛德里看到她跑了过来，连忙说道："您一定是巴狄的妈妈了。"一边说，一边摘下了帽子，"太太，你们家孩子走不动路了，坐在路边休息。我刚好经过，就送他回来了。"说着把那孩子扶下了马。那位妇人赶紧从薛德里手里，把儿子扶了过来。

那个孩子很感激地说道："公子，真是谢谢您。"

"不要客气嘛。"薛德里高兴地说道,"你只用那根棍子,走路一定很不方便吧?等我回去跟祖父说一声,请他买一副拐杖送你。"他一边说,一边跳上了马,"那么,改天再见了。"薛德里坐在他的小马上,招手跟那母子俩告别。那妇人都听呆了,站在那儿目送薛德里他们。

威尔金看着骑马走在前面的小公子,心里说不出的敬佩:"他是一个多么可爱的公子啊,既勇敢,还拥有那么高尚的品格。"他心里暗想,等回去一定要把今天的事告诉大家,他们一定会很羡慕他能服侍那么一个可爱的公子的。

两天后,托林柯特的大马车就停到了巴狄家门口,巴狄的母亲赶紧跑了出来。只见马车门一开,薛德里就从车里跳了出来,肩膀上还扛了一副新拐杖。他拿着拐杖高兴地跑到门口,对巴狄的母亲说道:"这是送给巴狄的拐杖,有了这个,他以后走路会方便很多的。"

那位妇人当时简直不敢相信自己的眼睛,都说不出话来了,只是满脸感激地看着薛德里。

"我祖父还让我问你们好。他也很担心你的孩子,希望他的脚能早点好。"薛德里说道,"那么,我就走了。我以后会经常来看你们的。"他一边说，一边又跳上了马车。回到马车里后，薛德里得意地对伯爵说："祖父，您看，那位妇人收到您的礼物是多么开心呀。我对她说，您问他们好。虽然您没让我这么说，但我想您一定是这么想的。是吧，祖父？"

伯爵满意地拍拍薛德里的头，高兴地点点头，他真是越来越喜欢这个可爱的孩子了。这天，薛德里照例准备去看他的妈妈，他走到门口，却没有看见伯爵的大马车，只有一辆一匹马拉的马车停在那里。那辆马车虽然小，但看上去却很舒适、很漂亮。薛德里觉得很奇怪，他回过头问伯爵："这辆马车是谁的？今天我们就坐这辆车去吗？"

"这是你给你母亲的礼物呀！"伯爵宠爱地看着薛德里说道。

薛德里差点愣在那儿，他很怀疑他的耳朵。祖父平时都不愿意提起母亲的呀，今天居然送了一辆那么好的小马车给母亲。他瞪着可爱的眼睛，兴奋地问道："真的吗？这马车是送给妈妈的吗？"

"乡下的路都不大好走，我想她会需要这辆马车的。至于驾车和照顾马匹的事，马夫会弄好的。今天你就坐着这辆马车去，告诉她，这是你送她的礼物。"老伯爵看薛德里那么开心，觉得不管做什么事情都是很值得的了。

薛德里心里一直不明白祖父为什么不愿意见自己的母亲，他也一直为这件事苦恼不已。所以当他知道祖父居然送给母亲一辆马车，他简直高兴得手舞足蹈。他迫不及待地坐上了马车，希望可以赶快到卡特罗地，好把这个天大的好消息告诉他的母亲，所以他觉得这次的路途真是极其漫长。当马车终于到达卡特罗地时，他还没等马车停稳，就跳下了车去。艾尔罗特夫人当时正在花园里，她站在玫瑰丛里，显得格外高贵。薛德里飞一样奔了过去，扑进母亲的怀里："妈妈，妈妈，您快出来看哪！"说完，拉着艾尔罗特夫人就往外走。

"妈妈，您看哪。这辆漂亮的小马车以后就是您的了！这是祖父送您的，他说算是我送给您的。您以后就不用那么辛苦地走路了，您要去哪儿，只要坐上它就可以了。"薛德里手舞足蹈地说着，看起来真是比自己收到礼物还高兴呢。

　　艾尔罗特夫人看着薛德里高兴的模样，她虽然知道伯爵并不是为她着想才送她马车的，但她不想扫了薛德里的兴，跟着兴奋的薛德里上了马车。薛德里不断向母亲说着祖父的好处，称他是天底下最慈祥、和蔼的人。艾尔罗特夫人很庆幸，薛德里和一个如此傲慢而又固执的老伯爵住在一起，却能够发现别人身上的优点，还能始终保持自己一颗善良的心。

　　薛德里感到开心不已。看到母亲和祖父的关系似乎有一些好转，薛德里心里充满了希望。

第十一章　一封给纽约朋友们的信

一天，薛德里欢天喜地地跑到老伯爵身边，手里拿着几张信纸："祖父，您看。这是我写给霍普森伯伯的信，我先拿给您看。"说着，他很得意地把信交到了老伯爵手里。

老伯爵手里拿着信，说道："哇，这可是一封长信呢。"他看了看薛德里，只见他一副很得意的样子，还不停地催促自己赶快看。"好，好，我这就看。"老伯爵愉快地说着，把信展开来，还戴上了老花镜，仔细地看了起来。

信是这么写的：

最最亲爱的霍普森伯伯：

您好！不知您在纽约一切都好吗？我很挂念您呢。

我跟您说说我祖父的事吧。我想，您一定想象不到我的祖父是一个怎样的人吧。别人都认为伯爵是残暴、傲慢的，可我现在可以证明那是完全错误的。因为我的祖父一点都不残暴，反而非常慈祥。我想，世界上恐怕再也找不出第二个像他那么好的伯爵了，如果您能认识他，也一定会和他成为好朋友的。

　　我的祖父患有严重的风湿病，他的脚痛经常发作，可是他都自己忍耐下来，从不把脾气发在别人身上。有时他疼得脸都白了，可还是对我笑脸盈盈的。我经常用您教我的方法，用热姜水给他泡脚，他也说那样很舒服呢。他可真是一个好伯爵呢，所以我也渐渐地喜欢当伯爵了。

　　祖父还很博学，他给我讲了很多事情。他说他不会玩棒球，说他没有看到过那种游戏，可我第一次教他玩，他就能玩得很好了呢。

　　对了，祖父给了我很多的东西。我现在有三个房间，里面的东西都是属于我的。怎么样，您听了也大吃一惊吧？我当时也很吃惊呢，我从来没有想到过自己会拥有那么多的东西。我现在有一个自己的大卧室，还有一个专门摆放玩具的房间。您一定想象不到那里面有多少玩具吧，那里简直比纽约的玩具店还要热闹呢。而且，现在我还有一匹小马呢。我每天都练习骑马，一开始我学习"快步"的时候，还会觉得马摇晃得厉害，有一次还把帽子都弄掉了。可现在我已经能骑得很好了，还和我的小马成了好朋友。祖父还送了一辆小马车给妈妈，他说这样妈妈就能轻松多了。他是一个多么仁慈的人哪。

　　祖父拥有很庞大的财产，他有很广阔的土地，住在他土地上的人民也都很爱戴他。我想，您也一定会喜欢我们住的城堡的。我第一次看到托林柯特城堡，就喜欢上了它。城堡很大，我刚来的时候经常迷路，现在有时还会迷路呢。不过，我想就是您到了这儿，也一定会迷路的，这儿实在是太大了。城堡里到处都种满了花草，我还听说这儿的树是英国所有城堡里最大、最古老的。城堡的森林里还住了许多小动物，有梅花鹿、小兔子，有一次我还看到许多野鸡飞起来呢。它们拖着长长的尾巴，真是漂亮极了。我的马夫威尔金先生还告诉我，城堡的底下还有监牢呢！我还没有去过那里，因为祖父不允许我去。可是我知道监牢里一个犯人都没有，一直空着。我想我的祖父是不会把人关进去，让他们在里面受苦的。因为他是一个如此仁慈的人哪，大家都很喜欢他。

　　祖父还经常帮助弱小的人们，他会给生病的人们买药，让那些没有

钱交田租的人继续留在那儿，还经常让艾伦夫人带着食物和衣服，去慰问那些生病的孩子。哦，对了。您不知道艾伦夫人是谁吧？她是这个城堡的总管家，是一个很慈祥的夫人，她还送了我和妈妈一人一只小猫呢。

霍普森伯伯，我真是十分地想念您。我也很想念我的妈妈，除了想她的时候，其他的时间我都很快乐。真希望她也能和我一起住在城堡里呢，那样就真的太好了！

我很喜欢我的祖父，希望您有一天也能见到他。你们也一定会成为好朋友的。

希望您会给我回信！

好友：薛德里·艾尔罗特上

老伯爵看完了信，看见薛德里说他那么喜欢自己，心里非常高兴。只是看到结尾的地方，他皱起了眉头，看着薛德里问道："你还是那么想念你的妈妈吗？"

"是呀，祖父。我时常想念她呢。"说着，薛德里有点伤感地把手放在伯爵的膝盖上。

"可你不是每天都和她见面吗？"伯爵不解地问道。

"以前，我每天都会待在妈妈的身边，就像现在和祖父您一样。"薛德里低着头说。

"那么，如果……有一天你和我分开了，你会怎么样？"老伯爵有点担心地问道。

"我当然会每时每刻都想念您啦，祖父。"薛德里抬起头看着老伯爵，十分坚定地说道。

薛德里第二天就把信寄了出去，希望他的好朋友霍普森伯伯能早点收到。而在大洋彼岸的美国纽约后街，街道还是和以前一样狭窄，房屋依然简陋，小孩子们在街上乱跑，成群地围在一起做着游戏。卖东西的马车和其他的车辆来来往往，依然是那么热闹。往里面走，薛德里母子原来住的房子，似乎还没有人搬进去，门窗都紧闭着，门外面挂着"房屋招租"的牌子。在街道对面拐角处，杂货店依然开着，霍普森老头儿也和以前那样。唯一不同的，就是他看起来总是很消沉的样子，没有一点生气。

自从薛德里离开美国以后，霍普森老头儿就变得很没精神。虽然在薛德里眼里，他是这条街上最杰出的人物，可事实上，他只不过是个固执的老头儿而已。所以除了薛德里以外，他基本没有别的什么朋友，薛德里这么一走，他更是不知道怎么打发那些漫长而又空虚的时光了。他经常独自坐在柜台前看报纸，心里总觉得会有一个穿白衣红袜的小孩突然跑进来，用银铃般的声音向他喊道："霍普森伯伯，您好！今天好热啊！"可是日子一天天过去，他的店里总是那么清静，不管他抬多少次头，还是连一个人影都不见。每当这个时候，他就会觉得自己离薛德里越来越远了，内心感到无比的寂寞。

每天太阳要落下的时候，他就会收拾关门，叼着烟斗，漫无目的地在街上溜达，可最后总是会走到薛德里以前所住的小屋子前。他在门口向里张望，伤感地摇了摇头，然后又独自一人失落地回到店里去。

一天晚上，他照例又叼着烟斗来到了薛德里家门前，他突然想出了一个计划。他想起了薛德里以前经常向他提起的擦鞋匠杰克，他想杰克现在一定也和自己一样，非常想念可爱的薛德里。他想，如果他们两个人能在一起，谈谈关于以前和薛德里相处的事，也许能够解开心中的烦闷。他立刻决定去见见这个年轻人，于是第二天，霍普森老头儿就雇了一个临时的店员，替他看着店里的生意。

霍普森老头儿来到了杰克所在的那条街，前几天刚刚下过雨，空气让人感觉很舒适，所以街上来往的人很多。霍普森老头儿在杰克面前停住，抬起头打量着那块漂亮的招牌。

杰克向霍普森老头儿打招呼："先生，擦皮鞋吗？"

"好的。"霍普森老头儿看着杰克，果然像薛德里所说，是个很努力的青年。他坐在小凳子上，把脚放到擦鞋台上面，杰克马上熟练地擦了起来。

"先生，我以前没见过您，您是住在上街那边吗？"

"是啊，我今天到这边来散步。"

"最近海岸公园很热闹哦，您可以去看看。据说从格陵兰岛捉到一只大白熊，现在在公园展览呢。"杰克热情地介绍着。

"是吗？我还没听说过呢。"霍普森老头儿看了看对面热闹的公园，又继续说道，"对了，年轻人，我还想问你一件事。"

"什么事，先生。"杰克说着，已经擦完了一只鞋，开始擦另一只。

"你这块招牌，真是漂亮。是你自己赚钱买的吗？"

"哈哈，先生，您的眼光真是不错呢。"杰克笑道，"您一看就知道这东西和我不相称吧，它还真是很有来头的呢。关于它，我还有一个很长的故事，这可是我最得意的事了。"他一边说，一边得意地笑着，"其实它是我的一位好朋友送给我的，而且我的那位朋友只有七岁呢。他真是一个可爱的孩子，世界上再也找不出第二个来了。"杰克说到这里，似乎有点伤感，他停了停才又继续说道，"不过他现在已经不在纽约了，他到英国去当贵族了。"

霍普森老头儿听到关于薛德里的事，激动地问道："那个孩子是叫薛德里吧？"

杰克听到别人说出了薛德里的名字，大吃了一惊，他马上抬起头问道："先生……您也认识薛德里吗？"

"那是当然，我们不但认识，还是很好的朋友呢！"霍普森老头儿骄傲地说道。脸已经兴奋得涨得通红，"他

刚刚生下来四十天，我就认识他了，我们可算是莫逆之交了……"霍普森老头儿拿出了薛德里送他的金表，把它打开来，指着上面的字给杰克看。

"噢！原来您就是杂货点的老板霍普森伯伯哪，薛德里常常向我提起您呢。"杰克没想到薛德里经常向他说起的霍普森伯伯会出现在自己的面前，也显得十分高兴。

"我也经常能听到关于你的事呢。可是他现在却去了那么远的地方，所以我想我们要是能在一起谈谈他的事，应该会很愉快的，所以我今天特地来找你。"霍普森老头儿已经难以掩饰自己的兴奋，高兴地向杰克说出了自己此行的目的。

"那可真是太好了，我也非常地想念他。"杰克提起薛德里，已经顾不上擦鞋了，两个人就在路边高兴地聊了起来。"我们第一次见面，是我替他捡回他滚到马路中间的球。我记得他当时穿了一条露膝的蓝短裤，就像一个可爱的小天使一样。从那之后，他就经常过来找我聊天，后来我们就成了好朋友。他总是用大人的口气向我打招呼，'嘿，杰克，你好吗？'他那个可爱的模样我现在还记得很清楚。他是一个很神奇的孩子，每次我遇到了心烦的事，只要和他聊一会儿，就会奇迹般地变得很开心。"

霍普森老头儿一边听着，一边连连点头道："是啊，他是那么聪明可爱，世上可是再也找不出一个比他更好的孩子来了。把那么好的孩子送到英国去当贵族真是太可惜了，他应该留在美国，这样的话，他一定能做一番大事业。他以前还经常跟我说他想要做总统呢，真是个有理想的好孩子。"

霍普森老头儿和杰克两人虽然只是第一次见面，却像许久未见的老朋友一样聊得很投机。

其实杰克是个很可怜的孩子，他生下来不久，父母亲就都病死了。所以他从小就跟自己唯一的哥哥一起，过着到处流浪的生活，可是他悲惨的童年并没有让他堕落，他更加努力地工作，并尽量找机会学习。他之所以选择了擦皮鞋，是希望这样能让自己积攒下一笔小钱，然后就能到夜校读书充实自己。一直以来他都希望自己能够结交更多的朋友，特

别是社会上的那些有学问、有地位的人。而他今天居然能认识一位拥有自己店铺的正经商人，真是非常高兴。他们越谈越起劲，要说的话怎么也说不完，可是眼见天就要黑了。于是两人约好，明天晚上的时候到霍普森老头儿的杂货店去，到时候两个人再继续聊。

"您知道关于伯爵和贵族的事情吗？我很想多了解一下这方面的知识。"杰克问道。

"我也不大清楚呢，不过我的朋友经常会租小说报来看，那里面有不少关于伯爵的故事，他们经常看得津津有味的。以前他们看的时候，我都不屑一顾，现在看来是该了解一下这方面的知识了。"霍普森老头儿已经不像以前那么排斥贵族了。他提议道："要不明天你到我的店铺来吧，顺便带几份那样的小说报来，我们可以一起看，租金由我来付就可以了。"霍普森老头儿豪爽地说。

第二天晚上，杰克按照约定的时间，手里拿了好几份报纸，来到了霍普森老头儿的杂货店。霍普森老头儿早就在等着杰克了，他一边盛情地招待杰克进来，一边用最好的东西款待他。他把一大盘苹果放到了杰克面前，热情地说道："杰克，你只管吃就可以了，那边的箱子里还有很多呢。"然后两个人一起边吃苹果边翻阅杰克带来的小说报，谈论着各自报纸里的信息。不过他们的话题始终没有离开过薛德里，两个人各自谈着自己和薛德里以前的经历。

时间似乎比昨天过得还要快，才一转眼就到吃饭时间了，霍普森老头儿于是把杰克留下来一起吃晚饭。他把店里的饼干、沙丁鱼、果子酱，

还有各种各样的罐头，全都打开了摆在杰克面前，摆了满满的一桌子，然后他还去拿了两瓶浆果汁，给自己和杰克各倒了一大杯，高兴地举起杯子说道："让我们为那个孩子干杯吧！"

杰克也愉快地举起杯子说道："好，干杯！祝薛德里永远健康快乐！"

"对，祝他健康快乐！"两个人高兴地碰了碰杯，然后一饮而尽。

从此以后，霍普森老头儿就和杰克成为了好朋友，两个人经常相互拜访。他们在一起阅读报纸，了解各种有关贵族的事情，他们知道的也越来越多。到后来，报纸已经不能满足他们了，他们觉得应该去找一些相关的书籍来看。于是这天，霍普森老头儿来到了书店，决定买几本关于伯爵的书，好回去跟杰克一起看。这可是件非常稀奇的事，换做以前，他可是几年都看不了一本书的，更别说是自己买了。他在书店里转了好几圈，仔细地看着书架上的每一本书，可最后也没看到他想要的书，于是只好跑去向店员询问道："请问，这里有关于伯爵的书吗？"

大概是很少有人来打听这方面的书，店员显得很惊讶："您是说关于伯爵的吗？"

"是的，就是贵族啊、伯爵啊什么的。写得越详细的越好。"

店员想了想答道："抱歉，我们这儿好像没有这类书，真对不起。"

但霍普森老头儿并没有放弃，继续问道："那么，关于侯爵或是子爵的有吗？"

"对不起，好像也没有。"店员摇摇头说道。

霍普森老头儿这下可是失望极了，叹了口气，跟着就向书店门口走过去。这时，店员好像突然想到了什么，把他叫住了，接着跑到一个书架上抽出一本书，说道："先生，也许这本书会对您有所帮助，您看行吗？"

霍普森老头儿接过来一看，原来是哈雷生·恩斯威写的一本小说——《伦敦塔》。他站在那儿翻了几页，就马上买了下来。

当天晚上，他就把杰克约到了自己的杂货店里，两个人一起津津有味地读起了这本小说。书里有不少关于英国贵族的描写。当中还有一段，对英国女王玛丽时代的残暴故事进行了很详细的描写。书里说玛丽女王

砍人头就像踩死一只蚂蚁那么简单，还写了不少关于把人处以烙刑的情节。霍普森老头儿看着，连身上的汗毛都竖起来了，不时还拿出手帕来，擦擦他额头上冒出来的冷汗。最后，当他看完那段的时候，他抬起头来看着杰克，担心地说："那个国家连女人都那么残暴，真是可怕。那薛德里不是很危险？他怎么会到那种血腥的地方去啊？"

杰克也担心地答道："那些都是很早以前的事了，现在应该不会再有类似的事发生了吧？"

霍普森老头儿擦了擦额头上的汗，说道："应该是吧。"

可是事实上，霍普森老头儿还是没有放下心来，他琢磨着是不是该写封信去，让薛德里凡事都要小心一些，提防有人会谋害他。直到几天后，他收到了薛德里的第一封来信，看到信里的内容，感觉到薛德里仍然像过去那样快乐健康，他这才放下心来。

等杰克来的时候，霍普森老头儿又把信拿出来，和杰克一起看了好几遍，他们觉得薛德里的信写得真是太好了，词句是那么优雅，可又不失小孩子的天真。读信的时候就好像能感觉到薛德里站在他们面前似的，两个人都开心极了。

第十二章　远方的姑奶奶

　　一转眼，薛德里来到托林柯特城堡已经有三个多月了。老伯爵越来越发觉薛德里的可爱，他恨不得让所有人都知道他有一个如此可爱的孙子，所以他决定要在一个月后，在托林柯特城堡举办一个豪华的宴会。托林柯特城堡已经有几十年没有举行过大型的宴会了，在以前，老伯爵可不喜欢这样热闹的场面。可他现在决定，到时候要把所有人都请来，让大家看一看这个让他骄傲不已的孙子。

　　老伯爵首先想到了一个人，这个人就是老伯爵的亲妹妹——莱纳得夫人。和老伯爵不同，莱纳得夫人是一位心地善良、性格直率的妇人。

　　三十五年前，她就嫁到别的地方去了，可就算她不在托林柯特，还是能经常听到一些关于伯爵的事，而这些事往往都让她十分愤怒和失望。一开始，她听说伯爵很不喜欢自己的夫人，总是对她很刻薄。伯爵夫人由于在这样的环境里生活，很早就去世了。母亲去世后，伯爵的大儿子和二儿子更加没人管教，最后成了流氓一样的不良少年。由于实在是不想见到自己那个糟糕的哥哥，她在这三十五年里，从来没有回过托林柯特城堡。但她只要一想到她是伯爵那些孩子唯一的姑母，善良的她还是希望能为他们做点什么。

　　后来突然有一天，有一位十七八岁的青年来到了莱纳得夫人的家中，自称是她的侄子。这位青年名叫艾尔罗特，他身高体壮，而且面貌十分清秀。他向莱纳得夫人解释道："母亲在世的时候，经常向我提起凯瑟琳姑母的名字。我也早就想来拜见您，可一直没有机会。这次我办事刚好经过附近，就特地来拜见姑母您了。"

莱纳得夫人第一眼看到这位英俊的青年，就喜欢上了他。他看上去是那么的优雅，交谈之后她更发现艾尔罗特是一个性格乐观、品格高尚的孩子。莱纳得夫人非常喜欢他，留他在自己家整整住了一个星期。当他要离去的时候她还非常不舍，交代他以后要经常来。可是没想到这第一面就是最后一面了，以后就再也没能见到他。听说后来他去了美国，还在那儿和一位出身低微的美国姑娘结婚了。莱纳得夫人虽然对他的轻率行为感到不满，可也没有想要责备他的意思。至于伯爵对他的残酷处置，莱纳得夫人虽然感到十分愤怒，却也是无能为力。没过多久，她就听到了更加残酷的消息，伯爵的三个儿子全部相继去世了。

几个月前，她听说伯爵派人到美国去寻找他现在唯一的继承人——艾尔罗特在美国出生的孩子。现在只剩下这个孩子能继承他的爵位了。

"我想这个孩子一定会像哥哥的大儿子、二儿子那样，被他那种恶劣的态度给毁了的。除非他有一个很有教养、品格高尚的好母亲，也许还有点希望。"莱纳得夫人对她的丈夫说道。可是几天后，她听说薛德里不得不和他的母亲分居两地后，气得简直都说不出话了。"简直岂有此理！他怎么能这样对待一个小孩子！他才只有七岁呢，就让他离开母亲的身边，还和哥哥那样恶劣的人住在一起。他一定会虐待那个孩子，要不就是一味地放纵他、收买他。再这么下去，那孩子一定会变得和以前去世的那些孩子一样不可救药的。"她十分气愤地对她的丈夫说道，"我要写一封信去，这就写。"

她的丈夫莱纳得子爵听了，皱了皱眉头说道："我想你那么做一点用都没有。难道你还不了解伯爵的为人吗？"

"我也知道没用，哥哥从来就不听别人的劝告。可是他这次也太不讲

情理了，简直让人无法忍耐嘛。"

可她的信还没写完，她就听到了更多关于薛德里的消息。那是有一天，莱纳得子爵的一位朋友来到他们家。他说他经过托林柯特城堡附近的时候，偶然遇到了老伯爵和他的孙子。那时候，薛德里正骑在他的小马上驰骋呢。老伯爵呢，简直是得意忘形了，向他炫耀着他的宝贝孙子，就好像他脚疼的老毛病从来就没有过似的。

"不过也难怪老伯爵那么高兴，他那个宝贝孙子，有那么高贵的仪表。我见过不少的贵族公子，却也没见过一个像他那么英俊的少年。而且，那位少年还有很高尚的品格。附近的人提起他的名字，都对他赞美有加！"

在听到了那么多关于薛德里的消息后，莱纳得夫人也对她这个来自美国的侄孙子很感兴趣。她想找机会去看看她这个侄孙子，可一想到要见到她那个恶劣的哥哥，又有些犹豫不决。就在这个时候，她收到了老伯爵的请柬，邀请他们夫妇俩去参加托林柯特城堡的盛会。

"这简直让人难以置信！"莱纳得夫人道，"大家都说那孩子到了城堡后，那儿的许多事情都变魔术般地改变了。我原来还不相信，现在看来这也许是真的呢。"

莱纳得夫人说罢，马上回复了一封信，接受了老伯爵的邀请。看起来，莱纳得夫人已经等不及去参加一个月后的盛会了。

伯爵要举办宴会的事马上就在托林柯特的领地上传开了，接到请柬的人都很高兴，因为他们有机会到城堡里亲眼见见这个人见人爱的小公子了。薛德里来了仅仅几个月，这里却有了许多变化，发生了许多以前不会发生的事情。

首先是贫穷的佃农希金斯，由于小公子的帮助，一家人也从此看到了生活的希望，振作起了精神，每天都努力地工作，生活一天比一天好了。还有巴狄家那个瘸腿的孩子，有了薛德里送的拐杖，以后行走都方便多了，他还和薛德里成了很要好的朋友。关于薛德里的事，简直是多得数不完，所以人们都称颂他为"小圣人"或是"可爱的天使"。

薛德里的母亲艾尔罗特夫人也和薛德里一样，受到了大家的尊敬和喜爱。她每天都会抽空去拜访村子里的人们，并尽她所能地帮助那些贫困的人们。只要有哪家人生病了，或者有生活上的困难，那么没过几天，艾尔罗特夫人的小马车就一定会停在他们的家门口。所以，村子里的人们，无论男女老幼，都很敬爱她。每次不论她去到哪儿，都会受到人们的欢迎。

总之，虽然时间不久，但是薛德里母子的善行，已经慢慢地感动了所有的人。就连他们对老伯爵的看法，也在不知不觉中发生了改变。

可是有一天，薛德里从他妈妈那里回到城堡时，脸上没有平时的笑容，一副愁容满面的样子，充满了忧虑。他走到了老伯爵的房间里，默默地坐在老伯爵身边，安静地捣弄着他的玩具，也不说话，像是在考虑什么事情。老伯爵看见孙子反常的样子，觉得很奇怪。"你怎么了？冯德罗。"他问道。

"祖父！有一位名叫牛威克的先生，他是不是对村里的事情很熟悉？"薛德里一面玩着玩具，一面问道。

"那当然，因为那就是他的职务所在啊。"伯爵继续问道，"难道他有什么疏忽吗？"

"我今天听说，在村庄的尽头，有个很可怕的地方。那里可能跟纽

约的贫民区差不多，也许比那里还要坏好几倍呢！我听说那儿的房屋非常拥挤，而且都差不多要倒塌了，住在那里不是会很危险吗？那里还很脏，到处都是污水和腐烂了的东西。所以住在那里的人都很不健康，特别容易生病。尤其是住在那儿的小孩子们，由于生病，又没有药医治，一个接一个地死去了。"薛德里说着，表现出很难过的样子，"妈妈以前就跟我提起过那个地方，她以前曾经去那儿探望过一个生病的妇人，她回家后都不许我靠近她。要等她洗完澡，换好衣服，才让我靠近她。今天她告诉我，那个生病的妇人去世了，而她的孩子也都病得很重，也许都活不久了。"薛德里说着，两只眼睛里充满了晶莹的泪水，"祖父，您一定都不知道这些事吧。"薛德里说着，放下了手中的玩具，来到老伯爵的身边，拉着老伯爵的手，"您一定不知道，在您的领土里还有那样的地方吧！应该是牛威克先生忘了告诉您了。因为我知道，要是您早知道这件事的话，一定会设法去改善的。是吗？祖父。"薛德里抬着头，用他那双泪汪汪的大眼睛看着伯爵。

老伯爵看了看自己手中的小手，又看了看那双星星般闪亮的眼睛，内心感到了一丝内疚。其实他对那个叫爱尔科特的地方知道得很清楚，牛威克在很多年前就向他诉说过那里的状况，毛丹德牧师也经常为了住在那儿的人们来向他寻求救济。可是老伯爵全都冷酷地拒绝了，特别是当他脚疼的老毛病发作的时候，还会反过来咒骂："都是那些招来麻烦的人。他们要是都死了，这事情也就都解决了。"而现在，他看着薛德里那双真诚、纯真的眼睛，对自己以前的态度感到非常惭愧。他握紧了薛德里的小手，问道："那么，你是希望我建一些新的村舍吗？"

"是呀，祖父。我们把那些破烂的房子全拆掉，然后给住在那儿的人们建筑新的村舍，而且还要越快越好。祖父，明天我们就去那儿看看吧！我想您去了，大家就都知道祖父要帮助他们了，他们一定会非常高兴的。"

"好，好，就这么定了。"老伯爵站了起来，把手放在薛德里的肩膀上，说道，"那么现在，扶我到外面的走廊上散散步吧，我们可以边走边商量这件事。"

薛德里眼前好像已经浮现出了新村舍的样子，一边小心翼翼地扶着老伯爵，一边兴奋地说着自己的计划。

这个好消息没过几天就传遍了整个托林柯特。起初，大家都怀疑这个消息的可靠性。

"这恐怕不是真的吧？"大家都很怀疑地议论纷纷。不过也有人觉得这说不定是真的，因为这几个月来，老伯爵所做的事跟以前都大大不同了。

直到几天后，爱尔科特附近来了一大批工人，他们很快地拆掉了那里的破烂房子，并开始着手建造新的村舍。人们这才相信这个消息是真的，大家都在议论着，说这一定都是冯德罗小公子为他们做的好事。

人们都不约而同地赞美着他："他是个多么仁慈的公子哪！希望他能继承这片领土，那样我们就有福了。他长大后一定会是一个很伟大的伯爵的。"

工程开始之后，薛德里每天都和老伯爵一起，骑着他的小马去视察工程。薛德里向来人缘就很好，大家本来就十分喜欢他，再加上他对不知道的事情总是充满兴趣，所以很快地就和那些工人们打成一片了。

工人们也都非常喜欢薛德里，总是很耐心地回答他的每一个问题。每当薛德里回去以后，他们都会聚在一起，谈论他的事。

"真是个少见的好孩子哪！"

"是呀。从来没见过这样高贵的孩子，谈吐大方，虽然是公子，却没有一点贵族的架子。"

以前，薛德里听到了新鲜的事情，总是回去绘声绘色地讲给母亲听。现在，他则是在回家的路上，把他一天中听到的事一件不少地讲给老伯爵听。几天下来，他已经能将垒砖的要领很详细地告诉老伯爵了。他总是一本正经地说："多学一点技术总是会有用的。大家都不知道以后会发生什么变故，也许我将来得靠劳力生活也说不定呢。"老伯爵听他这么说，心里也十分高兴，觉得他小小年纪，就能自己思考自己的未来，也不惧怕艰苦的生活，真是一个优秀的孩子。

在举行宴会的前几天，托林柯特城堡迎来了两位客人，他们就是老伯爵的妹妹莱纳得夫人和她的丈夫莱纳得子爵。他们抵达城堡的时候已经是傍晚了，莱纳得夫人决定在见到她的哥哥之前，先回自己的房间换件衣服。她换上了一件夜宴服下了楼，来到了客厅。这时候，老伯爵正站在壁炉的旁边，他身边还站着一位少年。这位少年身穿黑色天鹅绒的礼服，他听到有人进来的声音，回过了头来，只见他一头金发，面容十分俊美。莱纳得夫人看到薛德里那可爱的样子，惊讶得都要说不出话了。她兴奋地走到老伯爵的身边，握着老伯爵的手，用老伯爵孩提时代的名字唤他："莫理诺哥哥，这就是那个孩子吗？"

　　薛德里的到来不仅改变了老伯爵，更是使他们兄妹的感情恢复了。老伯爵握着妹妹的手，高兴地说道："是啊，凯瑟琳！他就是那个孩子。"说着，他骄傲地看着薛德里说道，"冯德罗，这位就是你的姑奶奶凯瑟琳·莱纳得夫人。"

　　薛德里听到自己还有个姑奶奶，马上开心地跑到莱纳得夫人的面前，"您好呀，姑奶奶！见到您真是太开心了！"

　　莱纳得夫人看着薛德里的样子，心里开心极了："是啊，我就是你的姑奶奶。"她一边说，一边热烈地亲吻着薛德里的脸颊，"我以前就很喜欢你的父亲。天哪，你简直长得和你爸爸一模一样。"

　　"真的吗？姑奶奶，我每次听到别人说我长得像爸爸都会很开心。"薛德里说到这儿，停了停，朝老伯爵那儿看了看，低声地说道，"您说是吧，

凯瑟琳姑奶奶。"

　　莱纳得夫人听了，越发觉得薛德里是个单纯可爱的孩子，他们三人坐在壁炉边聊了一整晚，好像有说不完的话似的。

　　没过几天，莱纳得夫人就和薛德里非常亲密了，她经常对老伯爵说："那个孩子真是太可爱了。这世上一定再没有比他更好的孩子了。"

　　老伯爵每次听了都很骄傲，他总是高兴地说："没错，那孩子简直就是这世上最好的孩子。你知道吗？他说我是最仁慈的祖父哦。"老伯爵说着，脸上还带着幸福的表情，"说老实话，为了这个孩子，我觉得我都要变成一个老糊涂了。"

　　"那么，他的母亲是个怎样的人呢？她又是怎样看你的？"莱纳得夫人严肃地问道。老伯爵听了，皱了皱眉说道："这个，我倒是不知道……"

　　"什么？不知道？"莱纳得夫人听老伯爵那么说，有些气愤，"那么，我现在要很不客气地告诉你，我从一开始就很不赞成你的这种做法。我打算明天去拜访艾尔罗特夫人，我深信，这孩子之所以有那么多的优点，一定都是他的母亲苦心教导的结果。而且我来了那么几天，也听说你领地里的人们都非常尊敬她，说她是个很高贵的夫人。"

　　老伯爵别过头，不屑地说道："她之所以会受到大家的尊敬，还不都是因为她是冯德罗的母亲。我不希望她搬到这儿来住，也从来没有想过要让她搬到这儿来住。不过如果你打算去看她的话，你就去吧。"老伯爵说完就去做自己的事了，他深知自己妹妹的脾气，就算自己再怎么阻止，她也一定会去的。而且，他也想知道艾尔罗特夫人到底是怎么样的人，自己妹妹去的话总是会比较可靠一些。

　　第二天一大清早，莱纳得夫人就去拜访了艾尔罗特夫人。一直到了当天傍晚，她才从艾尔罗特夫人家出来，脸上还满是笑意。回到城堡后，莱纳得夫人马上去了老伯爵的书房。

　　"莫理诺哥哥，你这么对待你的儿媳妇，简直就是大错特错。依我看来，像她那样高贵而又贤惠的妇人，就算是在全英国的贵族里，也找不出第二个来了。"她说的时候，脸上带着笑容，仿佛正回忆着她跟艾尔罗特夫人谈话的愉快经历。然后她看着老伯爵的眼睛,认真地说道:"现在我敢肯定,那个孩子之所以能有那么好的品格,一定都是他妈妈的功劳。"看老伯爵还是默不作声,莱纳得夫人转过身子,开玩笑似的说道,"我真是不明白,要是我的话,我一定让她到这里来管理家务,我相信她一定能做得很好。要不,我请她到我那边去吧?"

老伯爵一副若有所思的样子,说道:"她应该不会离开冯德罗到那么远的地方去的。"莱纳得夫人看了看伯爵,笑道:"那么我就连孩子一块儿带走吧。"其实她心里非常明白,伯爵怎么可能会舍得让薛德里离开他的身边呢?她虽然只来了几天,但她早就看出来,她那位傲慢、顽固的老伯爵哥哥,已经把一切的感情都寄托在了薛德里身上。

老伯爵的大儿子和二儿子,以前就让老伯爵丢尽了脸,是老伯爵的一大耻辱。几天后的盛大宴会,其实就是老伯爵想要向世人夸耀他的继承人,争回他的面子。他要让所有人都知道,他有一个多么优秀的孙子。

宴会终于在一个晴朗的夜晚举行了。本来就很壮丽的托林柯特城堡,现在更是金碧辉煌。城堡的大厅里点起了数百盏水晶灯,简直让天上的星星都为之逊色了。无数的花朵,更是布满了城堡的每一条道路和走廊。房间里有盛满了水果等食物的盘子,一瓶瓶美酒摆放在桌上,任人饮用。应邀前来的贵宾们,穿着华美的礼服,三五成群地漫步在大厅之间,不时停下来相互问候、聊天。

当天最开心、最得意的就是老伯爵了。他和薛德里一起,穿梭在人群之间。当晚的薛德里,看起来非常高贵,满头的金发在灯光的照耀下显得更加金光闪闪。他举止大方,和大家谈笑风生,博得了全场来宾的喝彩和赞美。平时高傲的贵夫人们都不约而同地喜欢上了他,尽量说些有趣的事,好让薛德里能够多留在她们身边一会儿。绅士们也一改往日的沉闷,有的变魔术,有的则给薛德里讲笑话,每个人都想和他成为好朋友。

薛德里被大家包围着,已然成为了这场盛宴的核心。可是就算是在和别人热烈的交谈中,他也从来没有忽略过他的祖父。每次只要谈话告

一段落，他就会左右寻找老伯爵的身影，看看他在做什么。如果看到老伯爵的身边没有人陪伴的话，他就会马上走过去，陪在老伯爵的身边，给老伯爵讲他刚刚听到的趣闻，逗老伯爵开心。来宾们看到他们祖孙俩亲热的样子，都羡慕不已，同时也感到非常愉快，因为他们还从来没有见过那样温柔的老伯爵呢！

老伯爵的性格、脾气本来就不好。以前，他总是满脸的凶相，还留着严肃的八字胡，眉头也总是皱在一起。可是他今天晚上却显得非常自在、高兴，眉头也舒展开来。

"看哪！我还从来没有见过老伯爵那么高兴的样子呢。"来宾们纷纷议论着。

"是啊，他变了很多。这真是难以置信。"

"这真是个奇迹，是小公子创造的奇迹。"看着现在变得非常慈祥的老伯爵，来宾们都非常开心，他们把这一切都归功于小公子对老伯爵的爱。

快乐的时光总是过得特别快，时间飞一般地过去了，马上就要到吃晚餐的时候了。忽然，有一位老绅士急急忙忙地走进了大厅，径直朝老伯爵走了过去。走近了一看，原来他就是老伯爵的顾问律师——郝维斯先生。

第十三章　坏消息

　　郝维斯律师向来就是个严肃守时的人，从来没有迟到过。本来今天的宴会，他在下午的时候就该到的，但他居然迟到了几乎半天，到快要吃晚餐时才到。他进来的时候，神色匆匆、脸色苍白，眼睛里没有一点神采。老伯爵马上就看出了他的异常，但旁边有那么多来宾，也不好大声地质问，只是用疑惑的眼光看着他。

　　郝维斯先生走到老伯爵旁边，低下头，在老伯爵耳边轻声说道："发生了一件很重大的事，所以不得不迟到了。"老伯爵从来没有见过郝维斯律师如此惊慌的样子。老律师累积了数十年的经验，做事总是处变不惊，从来没有露出过今天这样慌张的表情。看来一定发生了什么重大的事情，而且看起来不是个好消息，因为老律师的样子看起来十分沉重。

　　直到几乎深夜的时候，这场豪华盛大的宴会才结束，来宾们都依依不舍地离开了。宽阔华丽的大厅里，只剩下了坐在一边沉思的郝维斯先生，还有早就熟睡在舒适沙发椅上的小公子薛德里。郝维斯先生看薛德里睡着了，蹑手蹑脚地走到他睡的椅子旁，若有所思地看着他。老律师正看得出神呢，突然听见伯爵在他后面小声地叫他，他回过了头，见伯爵向他招招手。因为不想打扰到熟睡中的薛德里，他轻手轻脚地走到伯爵身边，一副很沉重的样子，说道："伯爵，这真是个不好的消息。我真希望它不是真的，而是一场梦。"

　　老伯爵从郝维斯律师来到城堡后，就看出了他的不对劲，因而非常不安。此时，他暴躁的情绪似乎已经有点要爆发了，可他不想吵到大厅另一边的薛德里，尽量压低了声音说道："郝维斯，快说，到底是什么事？你说的坏消息是不是和冯德罗有关系？"

"恐怕是这样的，伯爵。"老律师苍白的脸上露出勉强的笑容，他低声说道，"我今天带来的消息确实和小公子有关。而且，如果我今天知道的事情是真的话，那么现在睡在那边沙发椅上的，就不是您的继承人冯德罗了，而仅仅是艾尔罗特上尉的公子了。"

"什么？你刚刚说了什么？"伯爵听到老律师的话，气得脸都白了，"你是不是疯了？你说这孩子不是冯德罗？那么，谁才是？"

老律师深吸了一口气，说道："是您的长子费维克的儿子，伯爵。他现在正在伦敦的某家旅社里呢。"

"什么？你说费维克的儿子？"老伯爵气极了，"谎言，那一定是谎言！我绝对不相信会发生这样的事情！你都查清楚了吗？郝维斯。"

"事实上就是这样的，伯爵。我一开始也不相信，可是经过我的仔细调查和询问，还有对一些文书的考证，我现在不得不承认那是事实。"老律师的悲痛看起来一点也不亚于老伯爵。那是肯定的，当他在纽约第一眼见到薛德里的时候，就喜欢上了那个孩子，现在更是越来越喜欢这位可爱的小公子。他尽量使自己冷静下来，将事情的始末仔细地说给老伯爵听。

事情发生在今天早晨，一个女人匆匆忙忙地冲进了郝维斯律师的事务所。那个女人虽然还算漂亮，可是看上去完全没有教养，一点都不懂礼貌，一进门就猛地坐到沙发上，还拿出香烟在那儿猛抽，一点都不在意旁人的感受。她自称六年前，曾经和托林柯特家的长子费维克在伦敦结过婚，而且还拿出了正式的结婚证书。据那个女人说，她和费维克结婚一年多以后，就因为性格上的不合而分了手。

分手后，她生下了一个男孩，那个男孩今年五岁。她说由于自己没有接受过什么教育，又生在贫民区，所以根本不知道自己的儿子是什么身份，也不知道他有资格继承什么权利。直到最近，她听说了关于托林柯特伯爵家继承的事，这才去找了一个律师询问。律师告诉她，她的孩

子才是真正的冯德罗，是托林柯特家真正的继承人。

老伯爵在听郝维斯律师讲话的过程中，就有好多次愤怒不已，当他听完郝维斯律师的一番话以后，暴躁地大叫道："简直岂有此理！这件事简直太荒唐了！那个费维克，生前就是个卑劣荒唐、不知上进的家伙，总是喜欢一些低级趣味的东西。那个女人一定也不是什么好东西，一定是个没受过教育的下流女人吧？"

"您猜想得一点都没错！她连自己的名字都拼不出，而且开口闭口都是要钱，简直一点廉耻心都没有。"郝维斯律师满脸厌恶地说道。

"真是可恶的东西！"老伯爵已经气得不行了，额头上青筋突起，他回头看了看薛德里，只见他睡得正甜，脸朝着老伯爵，看起来很幸福的模样。老伯爵看着这个可爱的孙子，好一会儿才回过神来，叹了口气，说道："这都是报应哪！我以前那么憎恨这个孩子的妈妈，可她却是品格高尚，而且很有教养的妇人。现在又出现了那个女人，那个下贱的女人根本不能和她相提并论。我总是固执成性，拒绝承认我的这位好儿媳妇，所以现在才会陷入这样痛苦的境地。这是报应，是上帝在惩罚我。"

现在，老伯爵心里充满了愤怒、无助，甚至是绝望。他的样子看起

来可怕极了，像一只凶狠的老虎一样，让人不寒而栗。他已经很久没有如此生气了。可是在如此暴怒的情况下，老伯爵仍然没有忘记他那个宝贝孙子，尽量压制自己的愤怒，生怕惊醒他。

"郝维斯，"老伯爵小声地说，声音听起来很无助、很虚弱，"我最后再问你一次，你肯定你刚刚所说的一切都是事实吗？这件事还有挽回的余地吗？"

"我想这是不可能的了，伯爵。据我的调查，她的那张结婚证书确实是真的。"郝维斯律师难过地说道，"我本来也很希望小公子能继承托林柯特伯爵的……"说着，望向了另一边熟睡中的薛德里，看起来难过极了。他是多么希望这位小公子能够继承伯爵的爵位，对他抱了很大的希望。可现在，仅仅几个月的时间，却发生了那么重大的变故，他的伤心和失望也绝对不亚于老伯爵。

突然，老伯爵站了起来，振奋地说道："不行，我绝不会就此罢休的！我一定会把这件事争取到底。"

老伯爵慢慢地走到薛德里身旁，慈祥地看着薛德里，说道："郝维斯，你很了解我。你知道我一向最讨厌小孩了。可是不知道为什么，我就是喜欢上了这个孩子。你一定不能想象我有多么喜爱他，我现在已经离不开他了。而他也喜欢我、尊敬我！当所有的人都躲着我、厌恶我、欺骗我的时候，只有这个孩子，他信任我，并且还用心地陪伴着我。他现在已经成了我唯一的乐趣和希望。有时我甚至认为，要是没有了他的话，我活在这个世上也没什么意义了。"老伯爵慢慢蹲了下去，看着薛德里甜美的睡脸，看了好久。可等他再站起来的时候，脸上的表情突然变得很坚定，仿佛已经做出了什么重大的决定。

托林柯特城堡发生的关于伯爵继承人的纠纷，没过几天就纷纷在全英国的各大报纸上刊载出来了。这件事本身就具有小说般离奇的情节，加上托林柯特又是英国现在少有的大贵族家族，所以大家都拭目以待，想知道最后的结果是什么。在托林柯特伯爵的领土上，那些居民就对这件事更加关心了。

　　这会儿，一群村民聚在一起议论着，其中一个妇人说起了她前几天听到的传闻："我听说那个女人终于到城堡去了，还在门口大叫说她才是真正冯德罗的妈妈，非嚷着见伯爵不可。真是可恶极了！"

　　"她说什么？她才是真正冯德罗的母亲？无论品格还是风度，她跟卡特罗地的夫人都没法比，像她那样的女人怎么可能会是小伯爵的母亲？"

　　另一位妇人听了，生气地说道："都是那个厚脸皮的女人，不然的话

也不会有这次的纠纷了。那么，老伯爵打算怎么对待她呢？"

　　马上有人接口道："你又不是不知道老伯爵的脾气，他当然是大发雷霆啦，马上就把那个女人给赶走了。"大家听了都很高兴，那个人又接着说道，"那是当然了，那女人当时脸都气得发紫了，边走边回头不停地咒骂着，简直连后街的那些女人都不如。连城堡里的女佣们都很厌恶她，她们都说，如果那个女人做了她们的主人的话，她们都立刻辞职不干了。"

大家听了都拍手叫好，"哈哈哈！那个女人一定气疯了吧，真是太爽快啦！哈哈！"

　　其实不光是领土里的人们对这件事很关心，城堡里的人也是一样。侍者和女佣们一有空就聚在一起，相互议论，低声交换着新听到的情报。

　　老伯爵则是每天都紧张地和郝维斯律师两个人闷在书房里，商量着应对的办法。郝维斯律师对那个女人观察得应该是所有人中最仔细的了，他们见过几次面。仅凭这几次会面，郝维斯律师就断定她是个缺乏教养、性情暴躁的女人，而且做事欠缺考虑，显得很愚蠢。

　　当所有人都在议论纷纷的时候，只有一个人仍然保持着一贯平和的心态，每天都开心愉快地生活着，他就是这个事件的当事人——薛德里。几天前，老伯爵把他叫到书房，告知了他整件事情的时候，他因为事情来得太过突然，心中难免有些不安。

　　"我感觉有些奇异……不知道是什么感觉……"薛德里疑惑地看着老伯爵说道，并不因为当不了伯爵而觉得难过。薛德里低着头，踌躇了很久，说道："祖父……如果我真的不是冯德罗的话，那位新来的人是不是要把妈妈的东西都拿去呢？我是说祖父送给妈妈的房子，还有那辆小马车。"

　　"不会的。"老伯爵很坚决地回答道，"在我没死之前，没有经过我的允许，他们连一根草也动不了！"

　　"真的吗？那我就可以放心了，只要他们不把妈妈的东西拿走就可以了。"薛德里释然地笑了笑，然后又认真地说道，"我还有件事想问您。"

　　"你说吧，什么事？"

　　"就是那个孩子……"薛德里说着，声音都有些颤抖了，"那个孩子不是来做您的孙子的吗？那么，我以后是不是都不能和祖父在一起了？"说完，他的眼睛里已经满是泪水了。

　　"没这回事！"老伯爵坚决地答道，声音高亢而激动，"绝对不会发生这种事的！我无论如何都不会让你离开我的身边的！"

　　薛德里开心地说道："那么，我仍然会是您的孙子，是吗？就算那个孩子才是真正的冯德罗，我还会是您的孙子，是不是？"

老伯爵坚决地说道："是的！只要我还活着一天，你就是我的孙子！"

"真的吗？听了您的话，我真是太开心了！"薛德里突然跳了起来，两只手紧紧地抱住伯爵叫道，"这样的话，我就一点也不难过了。我还以为当伯爵的人才能当祖父的孙子，我以为要是当不了伯爵，就当不了您的孙子了，所以我真是难过极了。不过现在当不当伯爵都无所谓了，只要能和祖父在一起，其他东西都不重要。"

老伯爵也紧紧地搂着薛德里说道："你不要担心，我会尽我的全力为你争取权益的。"老伯爵虽然是对着薛德里说的这番话，但所表现出来的坚决和信念，却好像是在对自己发誓一样。

那个自称真正的冯德罗母亲的女人贸然跑到城堡去，被伯爵赶走后，郝维斯律师提出让伯爵去见见她，那样的话以后会比较好应付。于是老伯爵在郝维斯律师的陪同下，去到了那个女人的住处。老伯爵像往常一样，摆出了他贵族的架子，非常傲慢地走进了房间，那个女人，见老伯爵突然来到自己的住处，简直惊慌失措得不知该如何是好了，讲话毫无头绪，一直喋喋不休地叫了老半天，但满嘴只知道要钱。

老伯爵用很严肃的语调开口说道："听说你是费维克的妻子，这是真的吗？"老伯爵说着停了停，只见那个女人的脸上显出很惊恐的表情。老伯爵没有理会，继续说道，"如果这是真的，你在法律上是占了优势。不过我还会继续调查这件事的，如果事情真是这样，你们绝对可以得到应得的权利，你的儿子自然会成为冯德罗。不过我要让你搞清楚一件事，那就是，只要我还活着一天，我就不愿意再见到你们母子，也不会允许你们踏入托林柯特城堡一步。"老伯爵说完，就立马站了起来，迈着大步转身离开了。那个女人还一直僵在那里，脸色惨白。

几天后的卡特罗地，艾尔罗特夫人独自在她的房间里看书，突然一个女仆神色匆匆地走了进来，说道："夫人，客厅里有客人要见您。"

艾尔罗特夫人抬起头，轻声地问道："是哪一位？"

"是老伯爵！"

可是艾尔罗特夫人听了，丝毫没有惊慌的神情，只是马上下楼来到了客厅。当她走进客厅的时候，只见一位老人正站在那张虎皮地毯上面。光从他的外表，艾尔罗特夫人就马上看出他是一个严肃而又固执的人了。

老伯爵看到了艾尔罗特夫人，并没有马上转过身来，只是用严肃的口吻问道："你就是艾尔罗特的妻子吗？"

"是的。"夫人答道。

"我就是托林柯特伯爵。"老伯爵说出自己的名字，故意看了看艾尔

罗特夫人的表情。他发现艾尔罗特夫人并不惊慌，眼睛里满是优雅和安静，和薛德里的眼睛简直像极了。"噢，薛德里长得还真是像你呢！"

"大家也都这么说，不过我觉得他现在越长越像他的爸爸了。"艾尔罗特夫人用愉快的语气说着。

"对，他也很像我的儿子。"老伯爵停了停，转过身说道，"你知道我今天为什么到这儿来吗？"

"我听郝维斯先生说过，他说您的大儿媳妇和她的孩子到城堡来了。您是为这件事来的吧？"

"对，我就是为此而来。"老伯爵看着艾尔罗特夫人说道。

"请您恕我说几句话。"艾尔罗特夫人用温柔的声音说道，"我想那位妇人也是为她的儿子着想，她的心情和我希望薛德里能够幸福快乐的心情是一样的。假如她真的是费维克的夫人的话，她的儿子自然就是真正的冯德罗了。那么到时候，我的薛德里就应该自己退出来才对。"

老伯爵故意装出很不高兴的样子，用微微发怒的口气说道："你是怎么想的？你难道不希望自己的儿子能继承托林柯特的爵位吗？"

"不是的，大家都知道托林柯特是门第很高的大家族，对于薛德里来说，能继承他父亲的血统，继承伯爵的爵位，是至高无上的荣耀。可是我更希望他能继承他父亲的意志，做一个正直而又勇敢的人。"

老伯爵继续板着脸，冷笑道："那么，你是要他尽量和他的祖父作对了，是不是？"

"对他祖父，也就是您的事，我并不是很了解，不过据我所知……"艾尔罗特夫人说着停了停，看了看老伯爵的脸，说道，"他非常信任您、喜爱您！"

"那么，如果我把我憎恨你，不让你住进城堡的事告诉他，你觉得他还会喜欢我吗？"老伯爵故意很冷淡地说道。

艾尔罗特夫人想了想说道："那很难说，我想也许就不会像现在那么好了。正因为这样，我才一直没有让他知道。"

"能把这件事忍了那么久，现在这种人实在太少了。"

"是的，薛德里很喜欢我。"艾尔罗特夫人很坚定地说。

"我也喜欢他呀！"老伯爵一边在屋子里走着，一边呻吟般自言自语着，"我活到那么大岁数了，从来没有爱过任何人，可我却独独喜欢他。现在我只要看见他，就会觉得很快乐……"老伯爵说着，声音已经有点哽咽了，"我本来已经对生活感到厌倦了，可他来了以后，却让我体会到了从未有过的快乐。每当我想到我死去以后，他就会继承托林柯特，为此我感到心满意足、死而无憾。可是，可是现在……"老伯爵一边伤心地说着，一边踉跄地走到艾尔罗特夫人身边，悲伤地说道，"我真可怜……这是上帝给我的惩罚！"他继续说道，"我是一个固执的老头子，一直很恨你，总是故意地为难你。可现在我见到了费维克的妻子，让我觉得十

分烦闷。所以我现在抛开了一切来看你，我想你一定也像那孩子一样温柔体贴。"老伯爵抬起头来，看着艾尔罗特夫人说道，"请你看在薛德里的面子上，原谅我吧！"

艾尔罗特夫人很感动，把老伯爵扶到一张靠椅边坐下，用很温柔的语气安慰道："您都那么大年纪了，还要经历这些烦恼的事情，真是太辛苦了。请您不要太过操心了，就让一切顺其自然吧。"

老伯爵靠在靠椅上，看着艾尔罗特夫人，他心想："他们母子俩真是太像了。"看着面前这个温柔可人的儿媳妇，老伯爵心中感觉到了无比的幸福。

过了一会儿，老伯爵在艾尔罗特夫人的安慰下，在一种温暖和谐的气氛中，慢慢平静了下来。他真诚地看着艾尔罗特夫人说道："不论怎样，我都会为那孩子准备好一切的，我会让他一生都过着平安快乐的生活。"他说着站了起来，看了看四周，用愉快的语气说道，"这房子怎么样？你还喜欢它吗？"

"是的，这里很好、很舒适。"艾尔罗特夫人开心地答道。

"是啊，我也觉得这儿既干净又舒适。那么，以后我可以经常到你这儿来吗？"

"那当然！无论什么时候，只要您老人家想来，我都会非常欢迎的。"

第十四章　意外的发现

　　在纽约的贫民区，杰克和霍普森老头儿成为了无话不谈的好朋友，这对杰克来说，可算是一件快乐的事。有一次，他向霍普森老头儿说起了自己的童年。

　　"我的母亲在我刚刚懂事的时候就去世了，父亲也死得很早，所以我对自己的双亲都没什么太深的印象，是我的哥哥把我抚养长大的。他对我非常好，一直照顾我到我的年纪能做临时的小工为止。我一直都非常感激他，我总在想，将来我要是有了成就，我一定要好好报答他才行。"杰克一边说着，一边有些伤感。他还告诉霍普森老头儿，原来他能读书、写字，也都是多亏了他的哥哥，这都是和他哥哥住在一起的时候，上夜校学来的。

　　杰克接着又谈起了他哥哥和他的妻子的事。"我和哥哥原本是生活在一起的，大家都非常快乐。可是后来我哥哥被一个叫明娜的女人给迷住了，她看起来挺漂亮的，后来他们还结了婚。他们结婚后，那个女人才露出她的真面目。她是一个非常刻薄的女人，总是乱发脾气。她还是个爱慕虚荣的女人，总是奢侈浪费，没法过朴素的生活。她经常和哥哥吵架，找哥哥的碴儿，嫌他赚钱太少。大概半年后，她生了一个男孩，但又不愿意自己去照顾那个孩子，硬要我去帮她照顾那个孩子。后来有一次，她居然把一个盘子砸向我，我马上躲开了，结果那个盘子就打中了小孩。他的下颚受了伤，流了很多血，我们马上带他到医院去，结果缝了好多针，医生还说，那道疤恐怕是永远也消不掉了。"

　　杰克说着叹了口气，又继续说道："后来哥哥为了生计，不得不和朋

友到西部农场工作。可就在他走了还不到一个礼拜的时候，我有一天卖完报纸回到家，只见大门敞开着，房间里全给搬空了。我吓了一跳，赶紧跑去向房东打听情况。这才知道，那个可恶的女人，她居然跟一位富太太走了，到大西洋的那头儿去了，自此以后就再没了音讯。事情发生后，我就写信通知我哥哥了，我想我哥哥也不会太想念那种女人的。"杰克说的时候并不是很气愤，反而挺淡然。

"那你哥哥后来怎么样呢？"

"他的运气总是不大好，现在他好像在加利福尼亚的一家农场里做临时工。"

"你的哥哥也真是够倒霉的，干脆把他叫回来，大家一起工作吧。"霍普森老头儿高兴地说道。一边在烟斗里装上烟丝，一边走到柜台边想要拿火柴，突然，他看见柜台上放了一封信。他拿起信来一看，大吃一惊，差点没把叼在嘴里的烟斗都给掉了。"呀！是薛德里，薛德里给我来信了。"

杰克听到薛德里寄信来了，也十分高兴，马上跑到霍普森老头儿旁边坐下，打算和他一起看信。

霍普森老头儿激动地把信展开来，只见薛德里漂亮的字跃然纸上，信是这么写的：

霍普森伯伯和亲爱的杰克：

你们好！你们寄给我的回信我都收到了，知道你们成为了好朋友我真是太开心了。

我现在要告诉你们的是，最近发生了一件奇怪的事，我想你们知道了也会觉得很惊奇的。我并不是真正的冯德罗，所以也不能当伯爵了。

就在几天前，我那个去世的大伯父的夫人来到了城堡，那位夫人还带了一个男孩儿一起过来，原来那个男孩才是真正的冯德罗呢。您知道，我的父亲是祖父的三儿子，所以理应要由大伯父的儿子来继承祖父的爵位。

祖父为了这件事十分苦恼，他看起来好像很厌恶那位伯母。前几天，那位伯母把孩子带到城堡来，祖父和郝维斯伯伯接见了他们，可是那位伯母却大发脾气，让祖父很是生气，我还从来没见过祖父生气呢，当时把我吓了一大跳。

　　我发现，我比以前还喜欢当伯爵了。因为如果我当了伯爵，我就能拥有漂亮的城堡，还有很多的钱，可以用来救济那些有困难的人，还能做很多以前做不了的事情。可现在，这个大城堡，还有城堡里的那些我喜欢的小动物们，都将要变成那个孩子的了。不过祖父跟我说，不论发生什么事，他都会把我留在身边，我永远都是他的孙子。听到他的话，就算没有了城堡，我也觉得没什么了。

　　我知道你们都很关心我，所以特地写了这封信给你们。不过你们不用为我担心，我相信这件事情会有一个很好的结果的。

　　我还会继续写信给你们的，再见。

你们的好朋友：薛德里

　　霍普森老头儿读完信以后，整个人都倒在了椅子上："不得了了！"他惊慌失措地说道。

　　"那么，一切就都那么完了吗？"杰克也惊呆了。

　　"应该是吧。"霍普森老头儿低落地说。

"可是事情都到了现在了，等到宣布薛德里就是冯德罗以后，才有人跑出来说，伯爵的爵位应该由她的孩子继承，你不觉得这很奇怪吗？"

霍普森老头儿听了，也觉得有些道理，他坐起身来，严肃地说道："我觉得这是因为薛德里是在美国长大的，所以那些可恶的英国贵族们才陷害他，设计了一个圈套想要剥夺他的权利。"

"我真想立刻飞到英国去，看看到底是个怎样可恶的小家伙，竟让薛德里遭受这样的无礼对待。"

"你说的没错，我们要查出事情的真相。"霍普森老头儿这天和杰克一直聊到很晚，一直在讨论着要怎么帮助薛德里的事情。

托林柯特家族是英国少有的大家族，历史又非常悠久，在当时那个时期，真可算是一件十分轰动的大新闻了，连美国的报纸也都开始相继报道这个新闻了。美国人对贵族继承权的纠纷也抱有很浓厚的兴趣。可能是因为薛德里是在纽约长大的缘故，所以美国人都不约而同地支持他，希望他能够得到最终的胜利。

但是大部分报纸的报道都不太正确，有很多报纸上都说，艾尔罗特夫人是个低俗的女人，说她欺骗了老伯爵的律师，在街上随便捡了一个流浪儿跑到英国去，冒充是伯爵的继承人。另一种说法则大骂费维克夫人，说她其实是个吉卜赛女郎，平时在各地流浪，十分粗俗，而且无恶不作。

这些五花八门的报道里，只有一项是符合事实的，那就是老伯爵非常厌恶费维克夫人，而且正想尽了办法不让她的儿子继承爵位。

霍普森老头儿和杰克这两天拼命地收集报纸和杂志，渐渐地，他们终于了解到了托林柯特伯爵的地位是何等的重要，他们不由得赞叹，他可真是一位了不起的大人物哪！可是他们对这件事越是清楚，心里就越是担心。

"我可不管薛德里是不是真正的冯德罗，我就是不希望他向那个来路不明的小家伙认输！"霍普森老头儿愤愤不平地说道。

"是啊，我真希望我能有双翅膀，好飞到他身边去。"杰克接口说道，"无论如何我们不能就这么袖手旁观。"

可是他们两人绞尽脑汁都没想出什么法子来，最后他们只好决定写一封信给薛德里。

霍普森老头儿先写了起来，他是这么写的：

敬启者：

　　你的来信已收到，得知你情况欠佳，实在惊恐万分。鄙人认为，此事一定有人从中作祟，实属无中生有。猜想他们的居心，一定是想要窃取令祖父家产。

　　鄙人在大洋彼岸的此地，也会尽力调查真相，找律师商讨计划。一定会尽全力帮助你，请你切勿挂心，静静地安心等待。如若最后不幸失败，你大可回到美国，我们一起经商。到时候，我可以把杂货店的股份赠你一半。我们是多年知己，鄙人一定会尽力帮助、照顾你。

　　祝君胜利！

愚友塞得拉·霍普森上

杰克想了很久才动笔，他的信是这么写的：

亲爱的薛德里：

　　你好！你的信我们已经收到了。

　　看到你信中的内容，我们都对你的遭遇感到难过。请你一定要坚持，奋斗到底。

　　我从未忘记过你对我的友情和帮助，所以如果你觉得在那边很不开心的话，你大可以回来。到时候，我一定会尽我最大的力量照顾好你的。如果有人想要欺负你，或是对你不利的话，我这个做朋友的，一定不会袖手旁观的。

　　我就写到这儿了，再见！

你的朋友：杰克上

　　就在他们把信寄出去的第二天早晨，杰克遇到了一件令人非常惊讶的事。他有一个老顾客，是一个刚刚营业不久的年轻律师，他每天早上上班的时候，都会先到杰克那儿去擦擦皮鞋。

　　这天早晨，他照例又来到了杰克的擦鞋摊，手里拿了一张新报纸，他知道杰克最近老买报纸，于是就把报纸递给了杰克："这张报纸就给你吧，你待会儿可以边吃早饭边看。这份报里还有关于英国贵族的消息呢，还有伯爵和他儿媳妇的照片。看，托林柯特伯爵和冯德罗夫人……"杰克听到他提起了托林柯特伯爵的名字，马上一把夺过了律师手中的报纸，仔细地看了起来。

　　杰克很快就找到了律师所说的消息和照片，律师看着杰克的神情，觉得很奇怪。因为杰克正瞪大了眼睛，一边使劲盯着其中的一张图片。过了几秒之后，杰克好像反应过来什么似的，指着其中的一张图片大叫道："天哪，居然是她！这张脸孔……我简直是熟悉到不能再熟悉了！"原来杰克指着的是一个头发乌黑的妇人。在那张图片下方还有一行字：新的冯德罗夫人。

　　五分钟后，杰克气喘吁吁地跑到了霍普森老头儿的杂货店。霍普森老头儿朝杰克走了过去，问道："怎么了呀，杰克？发生什么大事了吗？"

　　可是杰克跑得实在是太急了，气都喘不过来，他一边喘着粗气一边说道："你……你看报纸！看那个女人……"说着把报纸摊开来放在柜台上，指着一张图片说道，"她是贵

族夫人？哼……她算什么东西？"他继续说道，"先生，您还记得我以前和你提起过我哥哥的老婆明娜吗？"杰克看霍普森老头儿点了点头，于是指着报纸说道，"她就是那个明娜，我敢保证！如果我认错了，我可以把我的脑袋给砍下来。"

霍普森老头儿听了杰克的话，气得一屁股坐到了椅子上，他念道："你说什么……这个冯德罗夫人就是你哥哥的老婆明娜？"

"是呀，就是她没错儿！"杰克咬牙切齿地说道，"这一定都是那个女人想出来的勾当，她做这些偷鸡摸狗的事总是很有一套！其实我刚刚看到这张图片的时候，我马上就想到了另一件事，以前我们看报的时候，上面不是说那个新来的冯德罗，下巴上有一道疤痕吗？就是他了。你还记得我以前告诉过你，明娜那次用盘子砸我，致使她那孩子的下巴上留下疤痕吗？那个所谓的新的冯德罗，不就是我哥哥的儿子吗？而证明就是他下巴上的那道伤疤！就是这样的啊，霍普森先生！这样是不是非常合理？"

霍普森老头儿又急又兴奋地问道："那么，杰克，你认为我们现在该怎么办呢？"

杰克道："这样吧，先生。我现在立刻写信给我的哥哥，请他过来

帮忙。而您呢，马上写信给薛德里和老伯爵。"

"对对，你说得对！"

信写到一半的时候，杰克好像想到了什么似的，突然叫了起来："对了，先生！给我这份报纸的就是一位律师啊！"

霍普森老头儿高兴地说："我们应该找一个律师来商量怎么处理这件事！"

不一会儿，他们就急匆匆地赶到了那位律师的事务所，门口挂着招牌——哈雷逊律师事务所。他们马上和哈雷逊律师讲述了整件事情，哈雷逊律师听完后都惊呆了，因为这实在是一个像小说一样离奇的故事。可是这并没有影响到哈雷逊律师接下这个案子，他反而非常高兴地接了下来。因为作为一个没有名气的小律师，平时也没有什么案子，他现在最希望的就是能接到一个大案子，好让自己一鸣惊人，能够出人头地。他心里暗自觉得，如果做得好的话，这个案子说不定会是他人生的转折点呢。再加上他对杰克也非常熟悉，深知他是一个忠实可靠的青年。而且根据他所提供的事实，确实也与事件本身十分符合，所以他当时毫不犹豫地就把它接了下来。

霍普森老头儿坚定地对哈雷逊律师说道："律师先生，很感谢您能接下这个案子。我想请你进行最详细的调查，这一切的费用都由我来承担。"

哈雷逊律师听了杰克和霍普森老头儿的一番话，心里更是底气十足，他毅然说道："没问题，就包在我身上吧！"哈雷逊律师坚定地说。接着他又根据他所知道的细节，继续分析道："根据报纸上的报道，那个女人带来的孩子似乎也很可疑。说她提起孩子年龄的问题时，总是会前后矛盾，这和杰克提出来的观点完全吻合了。"

"对，没错。那么，律师先生，我们现在该怎么做呢？"杰克问道。

"我们现在首先应该分别给杰克的哥哥，还有托林柯特伯爵的法律顾问，各写一封信。"哈雷逊律师说道，他的想法和杰克不谋而合。

两封信，在日落前就写好了。一封交给了刚刚从纽约起航开往英国的轮船带走，交给郝维斯律师；另一封则是由火车送往西部的加利福尼亚州，送给杰克的哥哥——本杰明。

第十五章　真相大白

做坏事的人，不论他有多么狡猾，最后总还是会露出破绽的。那个自称费维克夫人的女人，只靠着自己的一点小聪明，竟然想骗过全天下的人，那又怎么可能呢？当郝维斯先生多次询问她的出身和来历后，她露出了不少破绽。这些破绽马上引起了经验丰富的老律师的怀疑和注意。他发现那个女人所说的关于孩子的出生地和时间上总是存在矛盾，让人十分怀疑。

正当郝维斯律师为了那些疑点和费维克夫人纠缠不休的时候，他接到了从纽约寄来的信，正是哈雷逊律师和霍普森老头儿寄来的。郝维斯律师认真地看了两封信，感觉到了事件将有转折性的变化，于是当天晚上就风风火火地赶到托林柯特城堡去了。

郝维斯律师兴奋地对老伯爵说道："其实我在和那个女人接触了两三次以后，就觉得这件事情疑点很多。"老律师停了停，看着手上的两封信高兴地说道，"就在这个时候，我接到了这两封信，这可真是太让人高兴了。这两封信里所说的内容，正好证明了我的怀疑是正确的。"

"哈哈，那个该死的女人，真以为她能做到天衣无缝吗？"老伯爵也显得异常高兴。

"依我看，现在最好的办法，就是我们先暗中打电报去纽约，让杰克和本杰明兄弟俩到这儿来。在那个女人不提防的时候，让那兄弟二人和她当面对质。那个女人虽然狡猾，脸皮又很厚，可毕竟是个愚蠢的家伙，在那样的情况下，她一定会惊慌失措地露出原形的。"

老伯爵听了也十分赞同，他高兴地说道："好的，就这么办！"

于是，他们开始秘密进行这个计划。郝维斯律师马上就给在纽约的杰克发了电报，把计划告诉了他们，杰克他们听到后也非常兴奋，马上实行了郝维斯律师的计划。而郝维斯律师呢，则是仍然经常到明娜那里去，说些无关的话拖延她的时间。

　　一个晴朗的早晨，费维克夫人正躺在靠椅上慵懒地晒太阳，突然有个女佣进来说："夫人，郝维斯律师来了。"费维克夫人听了，骄傲地答了一声，转身坐了起来。

　　门开了，进来的不是郝维斯律师，而是严肃的老伯爵。郝维斯律师跟在老伯爵后面进来了，可他身后还跟着两个人。他们一个是年轻活泼的小伙子，一个是身体十分魁梧的青年。

　　费维克夫人看见伯爵已经吓了一跳，当她看见那两个青年的时候，更是吓得突然大叫了起来。

　　杰克看到她那副可笑的样子，笑道："哟，这不是明娜嘛！我们可真是好久不见了呢。"

　　郝维斯先生看了看兄弟俩，轻松地问道："怎么，你们认识这位夫人吗？"

　　"当然认识！而且不只是认识而已！"本杰明看着明娜，激动地说道，"再没有人会比我更清楚她的底细了，而她同时也很了解我呢！"

　　这时，明娜看见事情败露，已经完全失去了理智，疯狂地叫骂起来。

　　杰克嘲笑道："看哪，哥哥，她又把这套拿出来了。"

　　伯爵也许是第一次看到这样的景象，皱了皱眉，更加庆幸眼前这个人不是他未来继承人的母亲，不然他可真是死不瞑目了。这时候，本杰明走到了老律师身边说道："郝维斯先生，如果你们还需要别的证人的话，我还可以为你们找更多来，要多少个都没问题。她虽然是个下贱的女人，可她的父亲却跟她不一样。那位老人家虽然身份十分低微，可却是十分忠厚老实。她的父亲还健在，只要把他请来，大家当面对质，就会水落石出了。"

　　他说完，马上转身愤怒地看着明娜，朝着她咆哮道："你这该死的家伙，

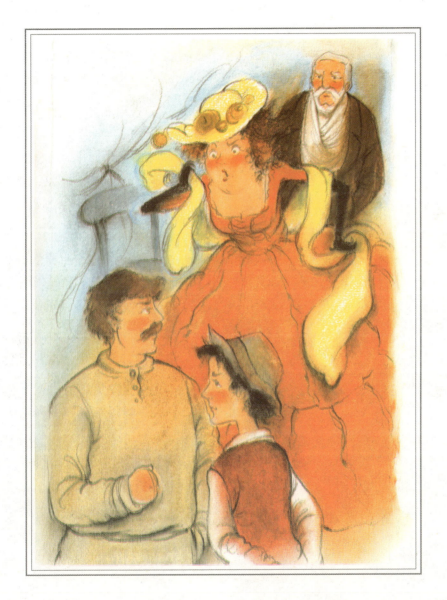

到底把孩子弄到哪儿去了？你快点给我交出来！"

他的话音刚刚结束，他旁边的一扇门就打开了，里面走出了一个睡眼惺忪的小男孩，他就是几个月来，和薛德里争夺继承权的少年。他长得自然不如薛德里那么漂亮，可小脸蛋也算是相当可爱。在他下巴的那个地方，果然有一条淡褐色的疤痕。

本杰明看到了这个孩子，立即跑过去把那孩子搂进怀里，激动地说道："汤姆，你还记得我吗？我就是你的父亲啊！"说完，他又转头向郝维斯律师说道："先生，关于这个案子，如果需要我上庭作证的话，您可以随时叫我过去。"他继续说道，"汤姆，我是来领你回美国的，跟我一起回去吧。"

那孩子听到有人要带他回美国去，很是开心，其实他只是一个五岁多的孩子，也不知道大人们的贪婪和野心，更不知道什么贵族。他不想要巨大的财产和爵位，更不愿意过拘束的生活。其实自从他跟着母亲来到了伦敦，母子俩就没有过上什么好日子。现在居然有一个陌生的人出现了，还说是他的父亲。小孩子虽然才五岁，但直觉上也能知道到底谁对自己是真的好，所以他一下子就喜欢上了这个自称他父亲的人，决心要跟他一起走。

本杰明给汤姆戴上帽子，朝郝维斯律师说道："郝维斯先生，如果以后还有要我帮忙的地方，您只管找我就可以了。"说完，他高兴地把孩子抱在怀里，看都不看明娜一眼，就朝门外走了。

而明娜呢，已经彻底疯了，她狂叫着："你们这些畜生！好啊，你们一定是串通好了的！串通好来谋害我，还夺走了我的孩子！把孩子还给我，还给我！不然我也不想活了……"她一边咆哮着，一边朝门口跑去。

郝维斯律师说道："这位妇人，如果你不想坐牢的话，就请你安静点吧。"那个女人又朝老伯爵看了看。只见老伯爵一副若无其事的样子，用十分冰冷的目光看着她。大概是觉得事已至此，再不走也只能是自讨没趣，当天晚上，明娜就带着她所有的行李，搬出了那家旅馆。从此以后，再也没有人在附近看见过她的踪影。至于她到底去哪儿了，大家也都不想知道。

处理完这些事情，老伯爵坐上了他的大马车，对马车夫说道："到卡特罗地！"

就在这个时候，薛德里正和他的母亲一起，坐在卡特罗地的屋子里。母子俩心事重重地聊着天。

"妈妈……以后不管去到哪里，只要能和妈妈在一起……"

"我也是，薛德里。去哪里都可以，只要有你在我身边，我就会很满足了。"

就在这个时候，门外传来了马车的声音，马车停在了门口，接着是老伯爵的声音。"冯德罗！冯德罗你在哪儿？"

薛德里和他的母亲听到老伯爵的声音，连忙迎了出去。只见老伯爵一副十分兴奋的模样，艾尔罗特夫人迎上去，担心地问道："这孩子还能

继续叫冯德罗吗？"

　　"那当然！"老伯爵激动地握起艾尔罗特夫人的手，郑重地说道，"除了这孩子，绝不会再有第二个冯德罗了！"老伯爵说罢，来到薛德里身边，温柔地看着他说道："冯德罗，你快去问问你的妈妈，看她什么时候可以搬到城堡去和我们一起住？"

　　薛德里听了祖父的话，高兴得手舞足蹈地叫道："祖父，您是说真的吗？我真的能和妈妈住在一起吗？"

　　老伯爵微笑着朝他点点头，薛德里高兴极了："妈妈！您能搬到城堡和我一块儿住啦！"薛德里说着，眼睛里竟流下了高兴的泪。

艾尔罗特夫人恭敬地向伯爵问道："您真的允许我到城堡里去住吗？"

"那是当然！我早该让你搬到城堡去了，都怪我太糊涂了，差点失去了你这个好儿媳妇。现在看在孩子的面子上，你就搬进来吧。"

艾尔罗特夫人和薛德里听了，十分感动，对于他们来说，这可真是个美好的夜晚啊！

第十六章　小伯爵万岁

关于托林柯特伯爵继承人的案子，在几天前还满城风雨，大家都纷纷议论、猜测着。可整个事件也就在几天内，最终真正落下了帷幕，圆满地解决了！

在这个事件中，获益人不只是薛德里而已，就连三个美国来的客人也都因此而获益匪浅。

本杰明虽然急匆匆地要带着孩子回美国，但就在他出发前的几天，他得到了郝维斯律师带去的好消息。老伯爵认为孩子也是受害者之一，他并没有做错任何事。只是因为他有一个道德败坏的母亲，所以才会被利用，这次的事件之所以可以那么顺利地解决，也是多亏了本杰明大老远从美国跑过来帮忙的缘故。所以，老伯爵和郝维斯两个人商量了一下，决定在加利福尼亚州买一所大牧场，然后聘请本杰明来担任牧场的管理人。希望他能够用心经营那所牧场，并许诺等他以后能够经营得很好的时候，就把整个牧场都送给他。

本杰明听了真是高兴极了，他再三感谢了老伯爵，高兴地带着孩子回到美国去了。没过几年，那所大牧场就被他经营得很好了，伯爵也实现了他的诺言，让本杰明和他的孩子成为了牧场的主人。

　　至于杰克，在这个事件中充分显示了他的才智，老伯爵很喜欢他，决定把他留在英国接受教育。杰克本来就很想接受正统的教育，所以欣然接受了。

　　薛德里最好的朋友——霍普森老头儿呢，在离开美国的时候，他就把自己的杂货店交给了一个很信任的人替他管理着，所以他也不急着回去。再加上薛德里八岁的生日马上就要到了，城堡里将要举行盛大的宴会。

　　霍普森老头儿光想到那个场面，就激动不已了，又怎么会错过。"这简直比美国独立日的庆典还要热闹呢！而且这一切都是为了薛德里那小家伙而举行的呢！真是太有趣啦。"

　　自从霍普森老头儿来到了托林柯特城堡，薛德里就经常不辞辛劳地带他到处参观。霍普森老头儿则是跟着到处跑，完全被那些豪华而又古老的建筑所吸引，并沉醉其中了。

　　现在，霍普森老头儿已经不会再像以前那样，提起贵族的事就破口大骂了。城堡里的事物，似乎渐渐地改变了他对贵族的态度，他反对贵族的心开始动摇了。最有趣的是有一天，他竟然在许多人面前说道："其实当伯爵也不错呢！要是我能当伯爵的话，我也会很乐意的。"

　　到了小公子生日那天，城堡里到处都张灯结彩，在城堡高处的瞭望台和炮台上还飘着颜色鲜艳的彩色大旗。这天来了许多人，托林柯特伯

爵领土上所有的人都到齐了。

这场豪华的宴会，不仅是小公子冯德罗的八岁宴会，更是托林柯特伯爵正式宣布薛德里为继承人的日子。在这个双重意义下，几乎全英国的贵族、政界、军界还有社会上的名流，全都齐聚一堂，他们和托林柯特领土上的人们一起，等待着这个盛宴的开始。

宽广的草地上，聚集了无数的领土上的人们，他们穿着只有在礼拜天外出时才会穿的衣服。大家纷纷议论着他们的小公子，就连他们以前极为畏惧和憎恨的老伯爵，也进入了他们的话题。

"冯德罗公子简直就是一个小天使，他一定是上帝送给我们的礼物，连老伯爵都不得不被他感动了。"

"是啊，大家想想看吧，老伯爵越来越像一个善良的好贵族了，我相信我们的生活会越来越美好的。"

现在，由于薛德里的关系，佃农们和老伯爵领土上的人们开始不再畏惧和憎恨老伯爵了。大家都知道他们可爱的小主人是多么信任和敬爱老伯爵，现在大家也开始尊敬起他来了。

城堡里的贵族和名流们的热闹程度，绝不亚于外面草地上的情景。他们纷纷去向老伯爵道贺，有的则是和艾尔罗特夫人畅谈着，为自己能认识一个如此高贵的夫人而感到骄傲。薛德里则是忙得不可开交，人们把他团团围住，都想把他多留在自己身边一会儿。

人群里还有薛德里的姑奶奶莱纳得夫人，她满脸笑容地看着薛德里，把他搂到怀里说道："哦，冯德罗，你简直比上次我看到你时更可爱了呢。"

他们两人一边聊，一边向外面的花园里走，不久他们遇到了霍普森老头儿和杰克，两个人脸上都乐得像开了花儿一样。薛德里连忙跑上去，给自己的朋友介绍起了自己的姑奶奶。"霍普森伯伯，杰克，你们好！这位就是我的姑奶奶，她看起来非常慈祥吧，她对我可真是太好啦。"他又看了看莱纳得夫人，说道，"姑奶奶，这两位是我的老朋友，霍普森伯伯和杰克。"

莱纳得夫人一点贵族的架子都没有，反而主动伸出手来和他们友好

地握手，然后他们就像老朋友一样聊起了天，看着他们，小公子觉得从没像今天这么快乐过。

　　还有一个人，也感到从未有过的幸福和快乐。那就是老伯爵，他虽然一生富贵，却从来没有享受过真正的快乐和幸福。可自从薛德里来了以后，他逐渐变成了一位慈祥善良的老人，享受着天伦之乐。同时，在

薛德里的影响下，他对身边的一切也慢慢开始感兴趣起来，甚至发现帮助别人原来也是一件非常快乐的事呢。

对于那位新搬进来的儿媳妇，老伯爵也是满意得不得了。他本来只是喜欢薛德里，希望他开心，所以才爱屋及乌地喜欢他的母亲艾尔罗特夫人。可是相处了没几天，他就被艾尔罗特夫人那种娴静的风度、高尚的品格及她的温柔和体贴所打动。现在，老伯爵每天最高兴的事，就是坐在他的安乐椅上，听着薛德里和他母亲天真愉快的谈话。现在，他终于渐渐了解到，为什么薛德里只是一个生长在纽约贫民区的孩子，身边的朋友也只是杂货店的老板和擦鞋的青年，但是他的品格却是如此的高尚，又富有同情心，这全都归功于他的母亲。

就在这个欢乐的日子里，老伯爵已经完全忘记了脚痛，就好像他的脚从来没有过毛病似的，他高兴地接受着人们的祝福。可他的视线却从来没有离开过薛德里，他看着这个可爱的孩子，有时在人群里和大家开心地聊着天，有时候则是热情地招待着他的老朋友，有时跑到他母亲和自己身边，倾听他们的谈话，举手投足间都让老伯爵满意得不得了。

过了一会儿，只见薛德里高兴地向老伯爵跑过去，并且邀请他到佃农们的大帐篷那边去。老伯爵欣喜地答应了，跟薛德里一行人走了过去。

他们进去的时候，大家正在举杯庆祝，可当大家看到伯爵一行人走了进来，立即很热情地将老伯爵他们围了起来，并且热诚地为老伯爵干杯。然后大家又再次举起杯，给他们最喜爱的小公子冯德罗，送上了最诚挚的祝福。大帐篷里发出了洪钟般整齐、洪亮的叫喊声，大家都争先恐后地向他道贺，高呼着："冯德罗小公子万岁！"然后大家一起举杯，一饮而尽。

这时候，老伯爵伸手拍了拍薛德里的肩膀说道："冯德罗，你怎么还不跟大家说几句话呢？难道你不想谢谢大家对你的好意吗？"

薛德里抬头看了看老伯爵，又回过头看了看他的母亲，然后脸上带着几分羞怯地说道："一定要现在向大家道谢吗？"艾尔罗特夫人回以他一个灿烂的微笑。薛德里又看了看他的姑奶奶莱纳得夫人、霍普森老头

儿和杰克，他马上下定了决心，往前迈了一大步，深深地吸了一口气道："非常感谢在座的各位，感谢你们来参加今天的宴会！这真是我有生以来最快乐的一个生日了。我希望大家也都能和我一样快乐。"薛德里继续说道，"我非常喜欢这里，我觉得这里实在是太美了，这里的人也十分友好善良。等我将来当了伯爵，我一定会做一个像祖父那样仁慈的好伯爵的！"

薛德里一说完，帐篷里立即响起了雷鸣般响亮的掌声与喝彩声。

故事总算是有个非常圆满的结局了，薛德里成为了托林柯特城堡的新主人，过着快乐的生活。可是薛德里的两位美国朋友，擦鞋匠杰克和霍普森老头儿呢？他们怎么样了？

先说说霍普森老头儿吧。自从他离开美国来到英国以后，没过多久，他就完全迷恋上了贵族的生活；另外，他也不愿意离开他的这位好朋友——薛德里。他把自己在纽约的杂货店卖掉了，另外在英国托林柯特城堡旁边开了一家杂货店。因为大家都知道他是小主人冯德罗的好朋友，都经常去光顾他的商店，所以他的生意非常兴隆。霍普森老头儿也一改以前在纽约时的顽固，和大家都成为了好朋友。可是霍普森老头儿却始终没能够和老伯爵成为很好的朋友，两个人始终不是非常亲热。这也难怪，老伯爵从来没有接触过杂货店的老板，而霍普森老头儿呢，以前也从没和贵族有过接触，大家的行为方式都有很大的不同。所以他们虽然由于薛德里的缘故，经常见面，可是大家说话总是不很投机。可是虽然霍普森老头儿没能和老伯爵成为好朋友，可他却比老伯爵还要像个贵族呢。现在他每天一早起来的第一件事，就是把报纸摊开来，看完报纸上所有和贵族有关的新闻，然后才会去做其他的事。

杰克则是在老伯爵的支援下，一直在英国念书。他十分努力，成绩也很好。几年后，他就完成了学业，打算回到美国去。在他回美国之前，他去找霍普森老头儿，问他要不要和自己一起回美国去。

霍普森老头儿居然像听到什么不可思议的事一样，猛地摇头说道："你开什么玩笑？我是绝不会再回到那儿去了的。薛德里需要我留在他的身

边，我也有照顾他的责任。"霍普森老头儿十分严肃、正经地说道。然后他又若有所思地说道："对于年轻好动的人来说，美国确实是最适合生活的国家。不过，我已经老啦，还是这边比较适合我。虽然我觉得这边新开的店铺，货物总是不够齐全，可是美国那边，大家都对祖先的事毫不关心，也没有伯爵呀！"霍普森老头儿高兴地说道，他不理会一旁的杰克，跑到店门口招待客人去了。

杰克看着他和人家高兴地聊天的样子，心想他是铁了心要留在这儿了。连从前那么厌恶和憎恨贵族的人都有了那么大的改变，这可真是个神奇的地方呢！

读后感

爱能融化所有的冰冷

——读《小公子》有感

近日，我读了伯内特的《小公子》一书，我的心也如同照进一道暖暖的阳光，一切都跟着明媚起来。

小说的主人公薛德里是个七岁的男孩，和母亲一起住在纽约的贫民区。他天真活泼，乐于助人，贫民区的大人孩子都是他的朋友，大家都喜欢这个可爱的男孩。可是突然有一天，一位不速之客打破了原有的平静生活，薛德里被告知要到遥远的英国去继承一个古老的爵位，现任的老伯爵是他的祖父，打算把爵位传给薛德里。于是，薛德里背井离乡，来到了祖父的城堡。一夜之间由贫民变成伯爵继承人，薛德里没有沾沾自喜，没有骄傲放纵，而是一如既往地用他那颗天真纯善之心对待家里的仆人、佃户，还有他的祖父。

老伯爵是个脾气暴躁、自私冷酷的人，时常会对仆人发脾气。薛德里面对这样一个陌生的老人，没有丝毫的畏惧，只有纯真的爱与关怀。他把快乐和温暖一点点播撒在那个城堡中，让原本死气沉沉的城堡焕发出勃勃生机。慢慢地，老伯爵被薛德里那明媚的笑容打动了，他那颗顽固冰冷的心也逐渐融化，变得和善，有了温度。

以前，老伯爵对薛德里的母亲很有成见，不承认这个儿媳妇。但薛德里在祖父面前毫不掩饰对母亲的爱，无论是在城堡里得到的小马还是其他好玩的玩具，都不能让他忘记母亲。他时常想念着母亲，并用自己的一言一行让老伯爵逐渐明白，他的母亲是个有修养、心地善良的女人。在他的努力下，老伯爵终于承认了那个曾经嫌恶的儿媳的地位，薛德里也得以和母亲团聚，一家人共享天伦。

薛德里不但爱自己的母亲和祖父，也爱周围的人。他从祖父那里得到钱后，没有用它们来满足一个孩子的欲望，而是毫不犹豫地捐给身边的穷人，帮他们实现了各自的梦想。他就如一道温暖的阳光，照亮了整个城堡；又如一缕清新的春风，吹暖了所有的冰冷。他不仅让老伯爵享受了晚年的快乐，也让伯爵所管辖的土地上的人们看到了幸福和希望。

薛德里最后成为一名真正的伯爵，他有一头浓密的金发，看上去很有贵族风范。但真正使他高贵的，不是英俊的外表抑或高高在上的地位，而是他那颗金子般的心。这世间最美好的，莫过于真诚的爱与关怀。无论怎样冷酷顽劣的人，都抵挡不住最深切的信任和最纯真的爱。我想，我也应该像薛德里一样，去真诚地爱我身边的每个人，不管我将来是个穷人还是个富翁，我都将尽力去帮助别人，用爱来温暖这个世界。

阅读笔记

姓名 _____

班级 _____

日期 _____

纸上互联网

伯内特

伯内特，1849年生于英格兰，当她只有三四岁的时候，父亲就去世了，家庭陷入了经济困难。她的母亲后来又嫁给了一个美国人，全家迁往美国，当时她十六岁。她从小热爱文学，喜欢狄更斯和萨克雷的小说。到美国之后，她开始给杂志社投稿。为了有钱买纸和邮票，她甚至自己采摘野葡萄去卖。她写下了大量的儿童故事，虽然她已经去世，然而她写下的那些儿童故事一直在陪伴着一代代的小读者成长。

伯内特的早期经历同《秘密花园》中的玛丽十分相似，都是在失去亲人之后无奈地寄人篱下，丧亲之痛和童年的孤独体验影响了她一生的创作。贫弱的母亲和舅舅窘迫的家境，迫使她在少年时期便具有了坚强的性格和独立的意志。即使在贫困之中，她也坚持写作的理想，先后创作了《小公子》《小公主》《秘密花园》等优秀的文学作品，表达了她对纯真人性和自然的无限热爱之情。作者始终相信，在人们阳光般温暖的心地感染下，生活总会充满阳光和温暖。

小伯爵冯德罗的原型

《小公子》是世界著名的少年读物，原名叫作《小伯爵冯德罗》，是美国著名女作家伯内特的杰作。原书于1886年开始在杂志上连载，博得广大读者的好评。后来印成单行本出版，轰动一时，人人争看这本书。由于求者万千，供应不足，立即增印到几百版。在短短的几个月后，全美国几乎没有人不知道这本书的小主角"薛德里"。

接着，社会上流行了一种称为"冯德罗式"的服装，几乎每一个家庭，都喜欢让家里的男孩子头戴黑绒帽子，身穿花边领子的天鹅绒衣服。伯内特有两个心爱的儿子，老大长得特别聪明可爱，据说她写《小公子》的时候，就是以她的大儿子当薛德里的模特儿。在这本书里面，我们可以体会到，伯内特是用如何深切的感情，来描写这故事里的小主角。任何人在看过这故事以后，对于那位长得清秀可爱、勇敢和热情的薛德里，以及照顾着他的艾尔罗特夫人那种高贵温柔的品格，都会深受感动。

贫民窟的小伯爵

在纽约贫穷的后街居住的时期，薛德里过着天真烂漫的生活。后来他突然被迎接到英国去，当了伯爵的继承人。虽然小小的年纪便处身在横暴的老伯爵面前，然而他却毫不畏惧。他以纯洁率真的本性，更热烈地爱着老伯爵，终于转变了老伯爵那种暴躁、刻薄的脾气。他在不知不觉间，给伯爵带来了人生的乐趣，并且给他周围的人，以及他所管辖的领地上的佃农们，带来了光明的希望和幸福。本书提醒我们：在这世界上最美好的东西，莫过于同情和怜悯，而且无论怎样顽劣和冷酷的人，终究抵挡不住深切的信赖和纯洁的亲情。

Die zeitlose Geschichte von einem besonderen Ort, an dem Zauber, Hoffnung und Liebe blühen.

DER GEHEIME GARTEN

《小公主》

《小公主》是伯内特的另一部代表作。《小公主》是一部灰姑娘式的小说，写一个名叫萨拉的小女孩，她的父亲很有钱也很爱她，给她买各种美丽的东西，让她在寄宿学校过着小公主般的生活，女校长明卿女士也对她另眼相待。但是父亲的突然离世以及随之而来的穷困潦倒使她在学校里的地位一落千丈，势利的明卿女士竟把她当"小女仆"使唤。她饱尝了人间冷暖，但始终保持着一颗善良、高贵的心，不卑不亢、坚强地生活，坚信"即使穿着破衣服，我也可以在心里像一个公主"。最终，她迎来了命运的转机，重新获得了幸福的生活。

《秘密花园》

《秘密花园》是伯内特的代表作之一。她在纽约长岛布置自己家的花园时得到了灵感。此书一经出版，很快就成为当时最受关注和最畅销的儿童文学作品，整个20世纪，人们一直再版这本书，全世界的大人和小孩都热爱《秘密花园》。它曾经先后十几次被改编成电影、电视、动画片、话剧、舞台剧。1993年，《秘密花园》被波兰电影大师霍兰德再次改编为电影，这部经典影片再次使霍兰德获得巨大声誉。在英语的儿童文学作品里，本书被公认为无年龄界限，几乎任何一个西方的儿童文学经典书目，都会收入这部小说。

伯爵

在英国五级贵族中，伯爵出现最早。大约在盎格鲁—撒克逊时代后期，因王权不够强大，英格兰广大地区曾划为几个较大的伯爵管辖区。而伯爵爵位却是在11世纪初由丹麦国王克努特引进英格兰的。11—12世纪中叶之前的伯爵多是镇守一方的诸侯。他们大多是一人治理数郡，所以又被称为"方伯"。诺曼大公威廉侵入英国后，担心他们权势过重，危及王权和国家统一，遂将方伯权力加以分割，移交给他的亲信，每个伯爵的辖区仅限一郡，与国王有着极其明确的封君封臣关系。伯爵倘敢兴兵作乱便会被王军镇压，或受其他贵族制裁。伯爵职权名号可由后代继承，但会因为有的伯爵缺少继承人而使总数有减无增。

城堡

自石器时代开始，人们就一直使用防御工事和土木工程。在公元9世纪以前，欧洲从未出现过真正的城堡。但由于要反抗维京人的入侵，加上分散的封建政治势力的形成，从公元9世纪到15世纪之间，数以千计的城堡就遍布了欧洲。在1905年，以法国这一个国家的统计数字为例，境内便有超过一万座城堡。

在封建社会时期，地方上的贵族提供了法律秩序和保护，使居民不受诸如维京人等劫掠者的侵扰。贵族建造城堡的目的，是为了防护并提供一个由军事武力所控制的安全基地。事实上，一般人们认为，城堡的功能是用来防卫的。